H.Ô.T.E.L
SUMMERTIME

Louise Byron

HÔTEL SUMMERTIME

Zoé

Traduit de l'anglais par
ANAÏS GOACOLOU

Flammarion

Déjà parus :

- *Hôtel Summertime, Amy*
- *Hôtel Summertime, Tanya*

Titre original : *Hotel Summertime*, Book 3

87, quai Panhard-et-Levassor – 75647 Paris Cedex 13
ISBN : 978-2-9169-0008-7

Pour Leah Henderson.
Avec mes remerciements à Gillian Philip.

1

Le train de 14 h 42 en provenance de Londres va entrer en gare voie numéro 4. Veuillez vous éloigner de la bordure du quai, s'il vous plaît.

La gare de Denton fourmillait de touristes et de personnes revenant du travail. Le hall vitré résonnait constamment de nouvelles annonces faites au haut-parleur. Tout excitée, Amy Gordon se dévissa le cou pour regarder le train qui arrivait. Lorsque les portes automatiques s'ouvrirent avec un léger sifflement, elle patienta, puis aperçut parmi les passagers sortants les visages qu'elle attendait. Ravie, elle fit signe à Zoé, Gareth et Sophie, ses amis de toujours.

– Ah, Amy ! s'écria Gareth, qui lui rendit son salut avec enthousiasme.

Lui et Sophie descendirent leurs bagages du wagon pendant que Zoé hissait son sac à dos sur une épaule et prenait sa petite valise à la main. Un grand sourire aux lèvres, elle passa en hâte le portillon d'accès pour embrasser son amie avec vigueur.

– Salut, Amz ! dit-elle en reculant pour mieux la voir. Tu as les joues roses, une vraie campagnarde !

– Je suis là depuis une semaine ! rigola Amy. Je n'ai pas encore de paille dans les cheveux, loin de là ! Ah, ça fait plaisir de vous voir !

– C'est partagé !

Gareth, qui avait enfin réussi à franchir le portillon d'accès malgré son sac volumineux, lui passa un bras autour de l'épaule.

– Je suis vraiment contente que vous ayez tous pu venir, insista Amy, qui ne pouvait s'arrêter de sourire. Ça fait un moment que j'ai envie de vous montrer Foxwood.

– On ne voudrait pas rater ça ! renchérit Sophie en l'embrassant. Et de toute façon, tu ne vas pas passer ton anniversaire loin de Zoé alors que votre fête commune est une tradition inratable ! Qu'est-ce que vous avez prévu cette année, toutes les deux ?

– Pour l'instant, rien, mais ne t'en fais pas, répondit Zoé avec un clin d'œil à Amy. Ça va être la fête de l'année, comme l'année dernière et celle d'avant...

– Et encore celle d'avant ! reprirent Sophie et Gareth en chœur.

– Exactement ! approuva Zoé en riant. Pas vrai, Amz ?

– Tu l'as dit !

Amy fut tentée de révéler à Zoé ce qu'elle avait imaginé de son côté, mais il était préférable que ça reste une surprise. Ses amis de Londres n'avaient pas encore vu l'hôtel Summertime, mais ils avaient entendu ses descriptions enthousiastes et elle était certaine qu'ils allaient s'y plaire autant qu'elle. Quel meilleur endroit pour une grande fête que cet ancien hôtel extraordinaire, qu'elle et ses amis de Foxwood avaient la chance de pouvoir occuper quand ils le désiraient ?

– Il va falloir vous dépêcher, alors, dit Gareth. Votre anniversaire, c'est samedi ! Ça vous fait seulement cinq jours pour mettre en place la meilleure fête du monde !

– Bah, on est quand même les deux filles géniales qui ont organisé une soirée Twister-karaoké à la piscine ! On va s'en tirer, répliqua Zoé pendant qu'ils sortaient au soleil en tirant leurs valises.

– Le bus pour Foxwood est là, indiqua Amy en prenant le petit sac de Sophie. Allons-y !

– J'ai hâte de voir ce fameux Apple Cottage, dit Gareth en hissant sa valise sur le marchepied pendant qu'Amy achetait les tickets au chauffeur. Et comment ça se passe cette année, avec Tanya ?

– Très bien, affirma Amy avec conviction.

Quand elle était venue séjourner à Foxwood pour la première fois, chez Pat et John, les grands-parents de Tanya, elle avait bien cru qu'elle ne parviendrait jamais à s'entendre avec cette nouvelle demi-sœur. Mais ensemble, elles avaient découvert le Summertime en ruine, l'avaient remis à neuf et sauvé in extremis des griffes d'un promoteur immobilier qui souhaitait le démolir. Elles étaient ainsi devenues de vraies alliées. Entre le combat pour conserver l'hôtel et les moments sympas vécus là-bas, Amy avait pu se nouer d'amitié avec de nombreux jeunes du village.

Le bus se mit en marche et s'engagea sur la route contournant la ville.

– Et comment va ce petit diablotin de Thomas ? demanda Zoé. Il aime toujours se balader en liberté ?

– Il adore ! confirma Amy.

Même si lors de leur première venue, son petit frère avait tenté de fuguer avec son chevreau préféré, Bart, il s'était adapté à leur nouvelle vie plus vite qu'elle. Leurs parents lui manquaient – tout comme ils manquaient à Amy, il fallait le reconnaître – mais dans l'ensemble, tout se passait bien. Leur père et la mère de Tanya devaient beaucoup voyager pour leur travail, et leur mère profitait de sa vie en France avec son nouveau compagnon, Paul. Avoir toute une nouvelle famille élargie, c'était bien plus sympa que n'aurait pu l'imaginer Amy. Pas toujours facile, cela dit...

– Thomas aime autant Foxwood que Londres, poursuivit-elle. Il arrive à s'amuser partout.

– C'est vrai que c'est joli, par ici, remarqua Zoé en nettoyant un rond sur la vitre poussiéreuse du bus pour regarder les champs au passage.

– C'est très beau, approuva Amy. On sera au village d'ici cinq minutes, je pense qu'il vous plaira.

– Je suis impatiente de le voir, dit Sophie. J'ai toujours du mal à t'imaginer dans un trou perdu.

– Ce n'est pas vraiment un trou perdu... commença Amy.

Mais Zoé l'interrompit.

– Regardez le panneau, on arrive !

Le bus freina dans un couinement et tourna pour s'arrêter sur la place. Les copains d'Amy regardèrent à la ronde.

– Une église. Un bar. Et... un magasin, fit Gareth d'un ton dubitatif.

– Tu appelles ça un magasin ? lui demanda Zoé à mi-voix.

– Il y a plusieurs petites boutiques, protesta Amy, sur la défensive.

Elle s'obligea à prendre une grande inspiration. Le contraste avec Londres était de taille, c'était indéniable. C'était ce qu'elle avait pensé la première fois qu'elle avait visité Foxwood.

Elle reprit, avec le sourire :

– De très jolies petites boutiques, pleines de charme. On ira faire un tour plus tard, si vous voulez ?

– Ça me va, déclara Sophie. C'est joli, comme village. Bon, évidemment, quand tu nous disais « petit », c'était pas pour plaisanter !

Ils sortirent du bus et se mirent à tirer leurs valises sur le bas-côté. Gareth avait déjà sorti son téléphone et le tenait bien en hauteur en regardant l'écran.

– Tu as du réseau ? demanda Zoé en s'avançant vers lui. Oh !

Elle baissa les yeux sur ses ballerines beiges, désormais couvertes de boue.

– Oh, non, s'exclama Sophie. Elles étaient neuves, tes chaussures, non ?

Zoé gratta une tache du pouce, et celle-ci s'élargit sur le tissu. Elle secoua la tête de dépit.

— Plus maintenant.

Amy sentit son estomac se nouer de façon désagréable.

— Désolée pour tes ballerines, Zoé.

Elle déglutit, puis sourit joyeusement à la ronde.

— Ça fait bizarre, au premier abord. C'est ce que je ressentais aussi le premier jour. Allez, venez à Apple Cottage, et ensuite, je vous ferai vraiment visiter.

Tout en poussant le portail du cottage, Amy remarqua que Zoé regardait de travers les trois chèvres apprivoisées.

— T'inquiète, elles sont familières, la rassura-t-elle. Fais juste attention où tu mets les pieds !

— Oh, ça, j'ai retenu la leçon, répondit Zoé qui la suivit avec précaution, un œil inquiet sur les animaux.

— Tu n'as pas ce problème dans Oxford Street, pas vrai ? plaisanta Gareth.

— Pas souvent... Ah ! s'exclama Zoé, dont le visage s'éclaira quand elle vit un petit garçon descendre à toute vitesse les marches du perron. Salut, Thomas !

Le petit garçon s'arrêta en dérapant et lui sourit.

— Salut, Zoé ! cria-t-il. Salut, Gareth ! Salut, Sophie ! Vous avez vu Bart ? C'est un bouc ! Venez lui dire bonjour !

– Doucement ! dit Zoé qui leva les mains en riant pour modérer son ardeur. Laisse-nous déposer nos bagages, quand même. Après, je viendrai voir tes chèvres, si tu promets qu'elles ne mordent pas.

– Oh, non ! Pas Bart, en tout cas, répondit Thomas de façon peu rassurante.

Amy éclata de rire et entraîna ses amis :

– Venez, je vais vous présenter Pat et John !

John se leva quand Amy entra avec eux dans la cuisine chaleureuse et accueillante. Pat se détourna de ses fourneaux.

– Bonjour, tous les trois, dit-elle en souriant. Nous étions impatients de vous rencontrer.

John leur serra la main.

– Et Amy est excitée comme une puce depuis une semaine, ajouta-t-il, les yeux malicieux. Elle n'en pouvait plus d'attendre !

– Ça me fait très plaisir de vous rencontrer, dit Zoé, aussitôt approuvée par les deux autres. On a beaucoup entendu parler de vous et de Foxwood.

– Soyez les bienvenus. Nous sommes contents de vous recevoir et je suis sûre que vous allez beaucoup vous plaire ici, répondit Pat. Si vous commenciez par vous installer ? Ensuite, Amy pourra vous faire visiter le village ?

– À ce propos, Amy, j'ai un message de Tanya :elle est déjà au Summertime et elle vous propose de la retrouver là-bas, précisa John. Elle vous propose de la retrouver là-bas.

– Parfait !

De toute façon, l'hôtel Summertime serait la première étape de la visite. Ses amis allaient l'adorer, elle en était convaincue.

– Venez, je vais vous montrer où vous dormirez, dit John en les guidant dans le couloir. Amy va partager la chambre de Tanya pour laisser la sienne à Sophie et Zoé. Gareth, tu pourras prendre le canapé du bureau. Ça vous convient ?

– Impeccable, affirma Gareth en poussant la porte indiquée. Allez, les filles, on dépose vite nos affaires, histoire d'aller voir ce fameux hôtel !

– Préparez-vous à être époustouflés, les avertit gaiement Amy en emmenant les filles à l'étage. On passe te prendre dans dix minutes, Gareth.

– Alors, Amz, dis-nous, demanda Zoé, qui s'arrêta de nouveau pour regarder un troupeau de vaches en train de brouter dans un pré. Qu'est-ce que vous faites pour vous amuser, par ici ?

Soudain hésitante, Amy s'humecta les lèvres.

– Ben, il y a l'hôtel, bien sûr. On y passe beaucoup de temps.

– Mais quoi d'autre ? insista Zoé.

Gareth cueillit un brin d'herbe qu'il plaça entre ses dents, regardant Amy d'un air inquisiteur.

– Il y a aussi un très chouette salon de thé. Vous allez adorer. La propriétaire, c'est Lottie, je vous en ai parlé. Elle fait des cupcakes divins. (Amy hésita.) Et on circule pas mal à vélo sur les petits chemins. Il y a de très jolies balades à faire. Mais sincèrement, on trouve tellement d'activités à l'hôtel qu'on n'a pas vraiment le temps de s'ennuyer...

Voyant l'expression de ses amis, elle s'interrompit. Ils ne semblaient pas convaincus. Elle espérait vraiment que Gareth ne s'amusait pas avec ce brin d'herbe dans l'intention de se moquer des campagnards...

Comme s'il avait lu dans ses pensées, le garçon enleva l'herbe de sa bouche et l'utilisa pour désigner quelques bâtiments à flanc de colline, derrière les prés.

– Regardez un peu, là-bas ! Vous vous imaginez vivre au milieu de nulle part ? Est-ce qu'ils ont l'électricité, au moins ?

– Mais bien sûr, rétorqua Amy, de plus en plus tendue. C'est Turnpike Farm, là où vit mon ami Callum. On ne peut pas dire qu'ils aient beaucoup de réseau pour les portables, mais...

– Ça alors ! fit Gareth, qui contemplait toujours la ferme d'un air incrédule. C'est vraiment, euh... différent, on va dire. Toi qui es londonienne jusqu'au bout des ongles, Amy, comment tu fais ?

Amy s'obligea à afficher un grand sourire.

« Ils sont surpris, c'est tout, se morigéna-t-elle. Moi aussi, je l'étais, quand j'ai débarqué ici ! Une fois le choc culturel digéré, ils vont s'adapter. »

– Oh, je me suis habituée ! répondit-elle à voix haute, avec un rire qui sonnait un peu faux. On ne court pas partout comme en ville, c'est sympa. On est au calme, tout ça...

– Ma foi, c'est toujours bien de se détendre pendant les vacances, pas vrai ? dit Zoé gaiement.

Elle souriait, mais Amy connaissait assez sa meilleure amie pour savoir qu'elle cherchait simplement à être gentille.

– Regardez, s'écria-t-elle vivement, soulagée de voir apparaître les grilles de fer forgé. Voici l'hôtel Summertime !

Ses amis franchirent avec elle le portail et s'engagèrent dans l'allée de gravier. Ouf ! Ils étaient visiblement curieux de découvrir l'hôtel.

– Ça alors, souffla Gareth en s'arrêtant dans l'allée. Ça alors, ça alors...

– Je plussoie, approuva Zoé, qui hocha la tête avec vigueur en regardant le vieux bâtiment majestueux.

– Je plusmilloie, dit Sophie, les yeux brillants. C'est *là* que vous vous retrouvez entre jeunes ?

Amy s'arrêta aussi, s'efforçant de voir l'hôtel par les yeux de ses copains, et sentit son cœur se gonfler de fierté. Du temps où la bâtisse était encore délabrée et intimidante, elle avait déjà été envoûtée par son aura. Elle ne pouvait que comprendre qu'ils soient impressionnés par l'édifice, maintenant qu'il avait retrouvé sa splendeur d'antan ! Les arabesques de fer forgé sur les tourelles se détachaient, magnifiques, sur le ciel bleu et le verre cathédrale des fenêtres du haut étincelait au soleil. On avait arraché les ronces et les chardons, et taillé les hêtres, les rhododendrons et les lauriers qui entouraient l'hôtel. Ainsi, au lieu d'étouffer l'architecture grandiose, la végétation lui offrait un cadre généreux.

– C'est superbe ! s'exclama Zoé.

– Je trouve aussi, avoua Amy.

Quand l'hôtel était abandonné, elle le trouvait déjà impressionnant. Maintenant, il était pour elle comme un vieil ami, et elle avait toujours un sentiment de joie en empruntant l'allée qui y menait. Elle se sentait toujours aussi fière en se rappelant comme elle s'était démenée avec ses amis pour le sauver du cupide M. Richards, qui comptait le démolir. Et elle aurait toujours une place dans son cœur pour les chauves-souris d'une variété protégée nichant dans les combles, qui avaient permis de déjouer les plans du promoteur immobilier sans âme.

« Promoteur, tu parles ! pensa-t-elle avec amertume. Destructeur immobilier, oui ! »

Heureusement, le Summertime appartenait à Lottie, qui y tenait suffisamment pour affronter M. Richards et ses menaces... Elle avait ensuite permis aux jeunes de Foxwood de donner un nouveau souffle aux lieux en y installant leur club à eux.

– Tadam !

Parvenue en haut du perron de pierre, Amy ouvrit la grande porte avec un geste théâtral, puis s'effaça pour laisser passer ses amis.

– Waouh ! s'exclamèrent-ils en chœur.

Le vaste hall d'entrée produisait le plus souvent cet effet sur les nouveaux arrivants, et secrètement, Amy était bien contente que la magie ait fait son œuvre sur ses amis londoniens. Depuis le haut plafond, un énorme lustre reflétait par mille petites touches la lumière du soleil sur le parquet bien ciré. Derrière les portes qui menaient aux chambres destinées aux clients, le splendide escalier, pièce maîtresse de l'hôtel, s'élevait en une courbe élégante.

Des rires et des bavardages leur parvenaient par une porte ouverte sur leur droite, et des accords de guitare accompagnés du rythme de la batterie introduisaient une chanson connue.

Amy sourit et Zoé la regarda d'un air interrogateur.

– Le groupe répète dans la véranda, expliqua Amy. Venez les écouter !

Des enfants de l'âge de Thomas jouaient à chat perché et se poursuivaient d'une pièce à l'autre ; les quatre amis durent les éviter. Amy était sûre que ses hôtes admireraient autant la véranda que la réception, et effectivement, ils s'exclamèrent à nouveau.

– Qu'elle est lumineuse, cette pièce ! s'extasia Sophie. La verrière est magnifique.

– Les carreaux aussi, ajouta Zoé en en effleurant un du bout des doigts. Ils donnent l'illusion que tout est couvert de vigne.

– Franchement, Amy, je reconnais que je n'ai jamais vu d'endroit aussi génial à Londres.

Gareth avait dû élever la voix, car Mark et son groupe étaient en pleine reprise d'un air de rock. Les autres ados se déhanchaient et tapaient dans leurs mains ; Zoé s'avança, pleine d'entrain. Quelques instants plus tard, sa voix claire s'éleva, en harmonie parfaite avec celle de Mark.

« Zoé ne rate jamais une occasion de chanter ! » constata Amy, satisfaite.

Mark poursuivit en jetant des coups d'œil à Zoé. Il paraissait surpris, mais de façon agréable. À la fin du morceau, il plaqua le dernier accord d'un grand geste, puis posa son instrument et descendit de la petite scène pour rejoindre les autres, qui étaient assemblés autour des Londoniens.

– Bonjour, Amy, lança Chloé, qui se haussa sur la pointe des pieds pour voir par-dessus les épaules d'enfants plus grands. Ce sont tes copains de Londres ?

– Bonjour, dit Olivia, la jumelle de Chloé, qui lui ressemblait comme deux gouttes d'eau.

Avec un signe de main encourageant, elle passa son pinceau à un enfant plus jeune. Amy vit avec plaisir qu'elle contribuait à confectionner une nouvelle grande affiche pour le mur.

– Je vous présente Sophie, commença Amy en tirant cette dernière en avant. Voici Gareth, et celle à la belle voix, c'est Zoé.

– Salut, tous les trois, dit Tanya en se frayant un chemin parmi les curieux, un grand sourire aux lèvres. Bienvenue à Foxwood. Londres ne vous paraîtra plus jamais aussi cool qu'avant, vous savez.

– Hello, Tanya.

Gareth l'embrassa, vite suivi de Sophie et Zoé.

— Alors c'est là que vous avez passé l'été dernier avec Amy, dit Sophie.

Un garçon aux cheveux bruns frisés et portant des lunettes serra avec vigueur la main de Gareth et se présenta :

— Je m'appelle Callum. Je suis le « raisonnable » du groupe. N'allez pas croire que je suis aussi cinglé qu'Amy et Tanya.

— Pff, fit Amy en lui donnant un coup de coude.

Pourtant, elle souriait. Elle ne put s'empêcher de lancer un coup d'œil inquiet à Gareth, mais soit il ne se souvenait pas de ses commentaires blessants sur Turnpike Farm, soit il avait oublié que Callum y habitait.

« Ou alors, il a du tact, songea Amy, reconnaissante. Enfin, tant qu'il ne demande pas à Callum s'il a une télé chez lui ! »

— Là, c'est Lucas, dit-elle en désignant un grand garçon aux cheveux blonds vêtu d'un tee-shirt de marque, avant de faire signe à une fille à la mèche de cheveux rose vif. Et voici la jolie Eva. Voilà, je pense que vous avez fait la connaissance de tout le monde !

— Ça fait déjà trop de noms pour que je les retienne, de toute façon, plaisanta Gareth.

— Oh, tu vas y arriver, marmonna Lucas. Tu viens de la grande ville, après tout.

Il adressa à Gareth un bref sourire un peu tardif pour atténuer ses propos, mais Amy sentit tout de même une pointe d'irritation. Lucas n'était plus l'enfant gâté lunatique qu'elle avait connu au début, mais il n'avait pas tout perdu de son agressivité.

« Dans tous les cas, avec M. Richards pour père, il s'en tire plutôt bien », se dit-elle.

– Venez, je vais vous montrer le reste de l'hôtel. Zoé, j'ai une surprise pour toi.

– Qu'est-ce que c'est ?

Zoé se précipita à sa suite dans le grand escalier. Une fois en haut des marches, Amy poussa des portes battantes dorées.

– Regarde un peu, ma Zozo !

– Dis donc, c'est encore plus grand que la véranda !

– C'est la salle de bal, déclara Amy avec un geste du bras. Et c'est là qu'on va donner notre fête d'anniversaire !

Les autres entraient à leur tour. Zoé scruta le vaste espace, ses hautes fenêtres aux rideaux de velours rouge, ses grands bougeoirs en cuivre et son parquet couleur miel.

– C'est... énorme. Très impressionnant, fit-elle.

– J'ai déjà réfléchi à tout, annonça Amy, qui courut au centre de la salle et tourna sur elle-même.

Ça va être génial. On a toute la place pour danser, et le groupe de Mark est d'accord pour jouer. On pourra apporter des tables en osier et faire venir des bons petits plats ! C'est là qu'on a organisé notre projection l'année dernière, et ça a vraiment bien marché. On n'aura pas grand-chose à préparer d'ici samedi pour organiser une super fête !

— Excellent ! approuva Gareth, appuyé par Sophie. C'est un sacré lieu de réception, Zoé !

— Oui, c'est... parfait.

Zoé hochait la tête, mais Amy trouva son sourire un peu forcé.

— J'ai hâte d'être à samedi, dit-elle.

— Moi aussi.

Pourtant, Zoé ne paraissait pas convaincue du tout. Elle se détourna pour quitter la pièce.

« Oh, non ! pensa Amy. Ça ne va pas. Qu'est-ce que j'ai fait ? ou pas fait ? »

Elle entreprit de suivre son amie. Elles étaient presque entièrement descendues quand Callum les rappela.

— Amy, Zoé ! Regardez !

L'excitation dans sa voix était contagieuse. Les deux filles retournèrent en hâte dans la salle de bal, où elles aperçurent les autres regroupés à l'une des fenêtres, en train de regarder dans l'allée.

– C'est un cortège, on dirait, expliqua Callum en les attirant plus près. Qu'est-ce qui peut bien les amener à Foxwood ?

Amy se haussa sur la pointe des pieds pour coller le nez sur la vitre. Callum avait raison : une file de limousines noires aux vitres teintées avançait sur la route dans un vrombissement de moteurs.

– Qui ça peut être ? interrogea-t-elle. Il y a combien de voitures ? Trois ?

– Quatre, rectifia Callum. Ah, un tracteur qui arrive en face ! C'est M. Sullivan. L'un d'entre eux va devoir faire marche arrière.

– Venez vite, dit Tanya en agrippant le bras d'Amy. Tant qu'ils sont arrêtés, on peut les voir de plus près !

Tous les jeunes s'amassèrent dans le hall d'entrée, et les enfants plus petits interrompirent leurs jeux pour se joindre aux curieux. Ils se précipitèrent vers le portail. Qui pouvait débarquer à Foxwood en limousine ? avec *quatre* limousines ? Le prince William ? Une star de cinéma, peut-être ? Amy repensa au festival Monk à l'automne précédent. Pouvait-il s'agir d'un riche fan d'Horatio Monk ? Ou d'un grand réalisateur souhaitant faire des remakes de ses vieux films d'horreur, avec son et couleurs ? Qui sait si Foxwood n'allait pas se replonger dans l'univers du cinéma...

— C'est peut-être Steven Spielberg, railla Callum, comme s'il avait lu dans ses pensées.

— Ou Chris Hemsworth, suggéra Mark.

— Ouais, la classe, fit Lucas en riant.

Ils s'approchèrent du portail et virent une portière s'ouvrir. Une paire de bottines violettes pointues émergea, suivie de jambes vêtues d'un legging à paillettes et, enfin, du reste de la jeune fille, habillée d'un gilet de fourrure argenté, les cheveux relevés en une queue-de-cheval sophistiquée aux mèches violettes. Elle se redressa, croisa les bras et regarda autour d'elle.

À côté d'Amy, Zoé porta la main à sa bouche sous le coup de l'émotion.

— Amy ! C'est bien qui je pense ?

Le cœur battant, Amy dut croiser les bras à son tour pour garder son calme.

— Je crois bien... C'est Jasmine Jones !

— Jasmine Jones ? s'étonna Callum en rajustant ses lunettes. Jasmine Jones, de Purple Craze ?

— Oui ! s'écria Zoé, qui en perdait presque la voix.

— Je ne vois pas de quoi en faire une histoire, maugréa Mark, dont la voix fut noyée par les cris.

— Jasmine Jones !

Chloé sautait sur place d'excitation. Les jumelles, presque en larmes, se tenaient l'une l'autre.

– Jasmine Jones, ici ! s'exclama Tanya, qui prit Amy par la manche d'une main tremblante. Là, Amy, c'est mieux qu'une star de ciné. Foxwood devient un nid à célébrités !

2

— Amy, tu es géniale ! s'écria Zoé en l'embrassant. Tu savais qu'elle allait venir à Foxwood, c'est ça ? C'est parfait !

— Ben, je...

Amy se laissa embrasser en réfléchissant à toute allure.

— Tu as failli m'avoir ! Alors c'est ça, notre surprise d'anniversaire ! Ce n'est pas juste danser dans la salle.

Les yeux brillants, Zoé se tourna à nouveau vers la créature violette appelée Jasmine Jones. Celle-ci pianotait maintenant sur le toit de sa limousine de ses ongles lilas, visiblement impatiente.

— Euh, oui, c'est... super, non ?

« Autant jouer le jeu, pensa Amy, mi-coupable, mi-agacée. J'aurais bien aimé que Zoé soit aussi contente de mes projets de soirée... »

Cependant, elle non plus ne pouvait contenir les violents battements de son cœur. Elle aussi adorait

Purple Craze. Elle achetait toutes leurs chansons pour son lecteur MP3 et suivait fidèlement la chaîne YouTube de Jasmine toutes les semaines. Avec Zoé, elle avait passé des heures à inventer des chorégraphies sur les morceaux du groupe. Elle avait peine à croire que la chanteuse se trouvait là, en chair et en os, à quelques dizaines de mètres !

– Bon, si encore c'était un membre de Coldplay ou de Radiohead, je dis pas... marmonna Callum.

Les filles, elles, poussaient toujours des cris extatiques.

– Regardez ! Coco est là aussi.

Zoé désigna un minuscule chihuahua habillé d'un manteau doublé de fourrure, qui descendait de la voiture et que Jasmine prit dans ses bras.

– Bien sûr ! remarqua Sophie d'un ton docte. Elle emmène Coco partout avec elle. J'ai lu ça sur Internet.

– J'aimerais que les gardes du corps se déplacent, dit Zoé, qui frétillait.

Amy allongea le cou pour mieux voir les personnes qui occupaient la route : des gens du village et l'entourage de la chanteuse. Jasmine tortillait son collier, et même si Amy n'était pas assez près pour le voir, elle savait qu'il devait s'agir du médaillon d'or en forme de cœur qu'elle ne retirait jamais. Amy l'avait vu sur des dizaines de sites et sur toutes les photos de magazines.

— Viens, on s'approche.

Amy prit la main de Zoé et elles coururent au portail, suivies de près par les autres.

— Purple Craze donne un concert pas loin d'ici samedi, dit Zoé, essoufflée. Jasmine prend peut-être quelques jours de vacances ici en attendant.

— Ce qui rend Foxwood beaucoup plus palpitant qu'on ne l'aurait cru ! observa Sophie en riant avant de tirer un téléphone de sa poche.

— Et pas besoin de réseau pour prendre un selfie ! signala Gareth.

— C'est vrai ! Allons nous prendre en photo avec elle ! proposa Amy.

Elle se tourna vers ses amis et remarqua que Callum semblait vexé. Elle reprit :

— Même sans célébrités, Fox...

— Elle nous a fait signe ! l'interrompit Sophie avec un cri de joie. Vraiment ! Venez.

Ils sortirent se joindre à l'attroupement. Amy et Zoé réussirent à se frayer un passage jusqu'à l'avant. Mais au moment où Zoé avançait vers Jasmine, un grand gaillard en costume noir l'empêcha d'aller plus loin.

— On ne dérange pas Mlle Jones, s'il vous plaît. Reculez, les enfants, reculez.

Amy le dévisagea. Avec ses lunettes noires qui reflétaient les rayons du soleil et son casque Bluetooth, il semblait se croire dans un film d'espionnage.

– Mais Jasmine nous a fait signe ! protesta-t-elle.

– Je vous ai demandé de reculer.

Amy ne pouvait distinguer ses yeux, mais elle eut la nette impression qu'il les regardait froidement.

– Dégagez, tout de suite.

Apparemment, elles n'avaient pas le choix, et elles s'exécutèrent. Des larmes perlaient aux yeux de Zoé, et Amy comprit tout de suite. Pour sa part, elle aimait beaucoup ce que faisait Jasmine, mais sa meilleure amie, elle, lui vouait une adoration sans bornes. Elle allait jusqu'à chanter en imitant sa voix.

– On peut toujours prendre des photos, lui dit Amy pour la rassurer.

Elle pressa le bras de Zoé, puis leva son téléphone pendant que Jasmine retournait dans sa limousine. Le tracteur recula sur la route et s'arrêta sur le bas-côté. La foule se dispersa. La vitre de la limousine descendit et Coco sortit sa petite tête. Amy aperçut encore Jasmine Jones, qui souriait avec satisfaction tandis que la voiture repartait.

— Au moins, on dirait qu'elle est contente d'être ici, commenta Amy.

Les enfants restèrent un moment immobiles à regarder en silence les voitures qui tournaient vers la place du village puis disparaissaient.

— Qui ne le serait pas ? lança Callum.

C'était dit sur le ton de la plaisanterie, mais Amy perçut son petit coup d'œil vers Gareth et Sophie, et elle poussa un soupir discret.

« J'espère qu'ils vont arriver à s'entendre. Les débuts ont été un peu bizarres, mais si je continue à montrer à Zoé et aux autres tout ce qu'il y a de génial par ici... »

— Au fait, vous avez faim ? demanda-t-elle, décidée à égayer Zoé. Il faut AB-SO-LU-MENT que vous visitiez le salon de thé du Summertime !

Zoé hocha la tête et parvint à sourire.

— Oui, bonne idée. Ils auraient des petits sablés au caramel ?

— Sûrement ! Venez.

Amy entraîna Zoé et elles franchirent le portail, mais le portable de Callum sonna à ce moment. Le garçon décrocha et, après un instant de silence, répondit :

— Quoi ? Oh, non ! (Encore un silence.) OK, j'arrive.

— Qu'est-ce qui se passe ? demanda Tanya pendant qu'il remettait son téléphone dans sa poche.

– Une barrière est restée ouverte, grommela-t-il. Toutes les vaches sont parties sur la route. Il faut que j'aille aider mes parents. Désolé, je vais devoir zapper les petits gâteaux. Ça m'embête bien.

– T'en fais pas, on va venir avec toi, dit Amy en posant sa main sur son bras. Vous êtes d'accord ?

– Hmm, OK.

Gareth n'avait pas un ton très convaincu et Sophie paraissait sceptique aussi, mais ils la suivirent tout de suite, au soulagement d'Amy.

Ils découvrirent l'ampleur du problème dès qu'ils empruntèrent la petite route qui montait vers Turnpike Farm : celle-ci était complètement bloquée par des vaches mugissantes. Certaines étaient dans le fossé, où elles broutaient joyeusement les grandes herbes. D'autres commençaient à s'aventurer vers l'embranchement de la grande route. Lorsque Callum et les autres s'approchèrent, elles s'arrêtèrent, s'éventant de leurs queues.

– Oh, c'est pas vrai, gronda Callum en colère.

Sa mère eut le verbe nettement plus haut en contournant le troupeau égaré, poussant des croupes au passage. Rouge de colère, elle ajouta après une volée de jurons :

– Il faut être idiot pour ne pas savoir qu'une barrière, ça se referme ! Qui a bien pu faire ça ?

– On voit des traces de pas dans le pré, maman.

– Oui, et si des gens passent à travers champs, ils devraient savoir comment s'y prendre ! s'exclama Mme Dunn en s'essuyant le front de sa manche. Bon, je suis contente que vous soyez venus m'aider. C'est gentil à vous tous.

Le père de Callum leur adressa un signe depuis l'autre bout du troupeau.

– Merci à tous ! lança-t-il. Allez, il faut s'activer.

Sophie et Zoé étaient restées un peu à la traîne, essayant clairement d'éviter de trop respirer l'odeur nauséabonde des vaches. Mais quand Callum avança, elles le suivirent d'un pas hésitant, le regardant poser sa main avec assurance sur le flanc d'une vache rousse. Il la guida avec fermeté pour lui faire rebrousser chemin, lui donnant des petits coups de hanche si elle partait dans la mauvaise direction.

– Comme ça, vous voyez ? Mais ne les effrayez pas, et n'ayez pas peur. Elles sont plutôt pacifiques. Gareth, Sophie, vous pouvez marcher doucement vers celles du fossé ? Elles devraient se retourner sans que vous ayez à les toucher.

Amy fut rassurée de voir ses amis londoniens se mettre hardiment à l'ouvrage. Sophie avança les bras devant elle, l'air nerveux, mais les vaches étaient toutes disposées à regagner la route d'un

saut, en compagnie de leurs congénères. Amy redirigea une fugitive très décidée à rejoindre la route principale, mais dans l'ensemble, les bêtes ne semblaient pas mécontentes de retourner derrière la barrière, ouverte en grand par le père de Callum. Au prix de nombreux mugissements et dans un grand martèlement de sabots, elles allèrent retrouver la sécurité de leur pré.

Une fois le dernier animal rentré en trottant après son troupeau, M. Dunn ferma la barrière et attacha la chaîne d'un grand geste de soulagement. Il essuya ses mains souillées et adressa un signe de tête aux amis, qui étaient restés sur la chaussée.

– C'est bon, on les a toutes. Merci, les enfants, ça nous a bien aidés.

– C'est sûr ! confirma son épouse, qui les gratifia de l'un de ses rares sourires. Bravo à tous.

– Avec plaisir, répondit Amy, heureuse d'être, pour une fois, bien vue de Mme Dunn.

Les parents de Callum s'éloignèrent dans le pré et elle se retourna.

– Maintenant, on peut aller au salon de thé la conscience tranquille... Mince !

– Quoi ? demanda Tanya.

– Callum, on ne les a pas toutes rentrées !

Amy pointa du doigt l'endroit au bout de la route où le fossé était le plus profond. Un veau, trop petit pour en sortir en sautant, s'efforçait de grimper. Il meuglait désespérément, voyant que sa mère était partie.

– Viens, cria Callum, qui courut vers lui puis ralentit en s'approchant.

Amy le suivit. Le veau ne lui arrivait pas tout à fait aux épaules et ouvrait sur eux de grands yeux apeurés.

– Ça va aller, lui dit doucement Callum. On va te tirer de là.

Il fit signe à Amy de passer de l'autre côté du veau et à deux, ils encouragèrent l'animal à monter encore ; enfin, il put sortir et trotter vers la barrière, qu'Eva avait déjà entrouverte. Le petit partit retrouver sa mère d'une démarche pataude.

Eva ferma à nouveau la barrière et remit la chaîne en place.

– Enfin, on y est ! Et maintenant, sablés au caramel !

Amy s'apprêtait à suivre ses amis quand un léger reflet capta son regard. Il y avait un petit objet dans la boue à côté d'un pilier de la clôture. Hésitante, elle se baissa et le ramassa dans l'herbe foulée.

– Regardez, dit-elle en enlevant la terre collée dessus. Une oreillette Bluetooth.

Callum lui lança un regard furieux.

– C'étaient les gardes du corps qui en avaient ! Ce sont bien les seules personnes que j'aie vues à Foxwood avec ça, à part un ou deux chauffeurs de taxi. L'un des gorilles de « Madame » a dû laisser la barrière ouverte. Elle a peut-être eu envie de se balader dans les champs. Les nuls ! s'exclama-t-il en serrant les poings. Il aurait pu y avoir un accident grave. Et on aurait pu perdre une partie du troupeau.

– Tu as raison, c'est sûrement à l'un d'eux, dit Amy, abattue, avant d'empocher l'oreillette et de tapoter l'épaule de son ami. Allez, suivons les autres. Tu mérites bien un cupcake.

Callum était visiblement énervé, et non sans raison. Mais Amy ne pouvait s'empêcher d'être heureuse que Jasmine Jones soit au village, gardes du corps arrogants ou non. Elle voulait vraiment que ses copains de Londres apprécient leur séjour à Foxwood, et au vu du déroulement de celui-ci, la présence de Jasmine représentait le meilleur espoir...

3

– Tu n'exagérais pas, dis donc, remarqua Sophie en mordant dans son muffin aux myrtilles. Lottie est une super pâtissière !

– Edward met la main à la pâte, lui aussi, précisa Amy, qui prit place à côté d'elle à la table.

Elle fit signe au vieux monsieur qui sortait de l'arrière-salle avec un plateau de sandwichs. Il lui rendit son sourire tout en disposant les sandwichs sur le comptoir, à côté d'un assortiment tentateur de carrés gourmands et de cupcakes.

– Edward et Lottie se sont mariés l'année dernière, expliqua Amy. C'était beaucoup d'émotions. L'histoire d'un amour perdu pendant longtemps...

Après un mariage malheureux, Lottie avait un temps trouvé refuge à l'hôtel Summertime, ainsi que les enfants l'avaient découvert en recherchant le propriétaire du bâtiment. Quand elle avait permis aux jeunes de Foxwood de se réunir au Summertime autant qu'ils le souhaitaient, ils avaient voulu lui montrer leur gratitude et avaient fini par retrouver l'amour de sa vie. Amy en avait encore chaud au cœur.

– Oh, que c'est romantique, dit Zoé en saluant Edward.

Comme à l'accoutumée, l'ancien abri de piscine reconverti en salon de thé accueillait de nombreux visiteurs. Presque toutes les tables étaient occupées par des touristes et des habitants du coin, dont les bavardages constituaient un bruit de fond sympathique. Les couleurs pastel étaient gaies et accueillantes, surtout avec la lumière qui inondait la salle par les vitres.

– C'est bien pratique d'avoir ça à portée de main, estima Gareth. Je suis surpris que tu n'aies pas atteint la taille d'un hippopotame, Amy.

Elle lui administra une tape amicale sur le bras et il se plaignit.

– Amy ne mange pas autant de gâteaux qu'elle le prétend, précisa Lottie en riant derrière eux, mais aujourd'hui, c'est une grande occasion.

Elle leur tendit un plateau de cupcakes décorés de petits symboles de Londres : taxis noirs, bus à impériale rouges, Big Ben.

– Offerts par la maison. Pour célébrer l'arrivée de tes amis.

– Lottie, c'est magnifique ! s'exclama Amy, imitée par les autres. Merci !

C'était dommage de manger des décorations aussi bien réussies, mais ils surmontèrent vite leurs réticences et avalèrent goulûment les friandises.

– Il faudrait mettre au point notre fête, dit Amy à Zoé entre deux bouchées. Je me disais que pour qu'elle soit encore mieux, on pourrait utiliser Troc en stock.

– C'est quoi, ça ? s'étonna Sophie.

– Un service d'annonces qu'on a créé sur le site de la commune, expliqua Callum tout en choisissant un deuxième cupcake. On dégotte des objets pour l'hôtel en échange de menus travaux.

– Ça a très bien marché, ajouta Tanya. Ce serait super de trouver des trucs pour votre anniversaire. Plus de décorations, peut-être, ou des haut-parleurs supplémentaires...

– Si quelqu'un pouvait nous prêter une table de mixage, suggéra Eva en rabattant sa mèche rose. Vous êtes deux, alors il faut que cette fête soit doublement géante !

– Sans doute, dit Zoé. Vous savez, j'aurais vraiment voulu aller au concert de Jasmine. Ce n'est qu'à quarante kilomètres d'ici, à peu près, j'ai vérifié. C'est vraiment dommage qu'on ne puisse pas y aller, déclara-t-elle avec un regard plein d'espoir vers Amy.

– Ben... fit celle-ci, hésitante.

Zoé était obsédée par Purple Craze, d'accord, mais tout le monde savait que les billets étaient tous vendus depuis des mois. Cela ne servait à rien de se lamenter sur le concert auquel elles ne pourraient pas assister. Essayant de paraître encourageante, Amy poursuivit :

– Cette fête sera encore mieux qu'un concert, même de Jasmine Jones ! On pourrait plutôt essayer de lui parler avant qu'elle ne quitte Foxwood ? Ça ne doit pas être si difficile.

– *C'est pas si difficile*, entonna Zoé, embrayant sur l'une de ses chansons favorites des Purple Craze. *Tu pourrais essayer / De m'aimer comme je t'aime / Mentir est-il plus facile ?*

Amy lança un regard entendu à Gareth. « Bon, je l'ai cherché. » Elle lui rendit son sourire. Lottie, qui était revenue à leur table pour remplir leurs verres de smoothie à l'aide d'un grand blender en verre, s'arrêta pour écouter Zoé.

– Tu as une voix magnifique. Tu chantes de façon professionnelle ?

Zoé rougit un peu et bafouilla :

– Non... mais j'aimerais bien. Je voudrais devenir comme Jasmine Jones.

Amy allait intervenir pour expliquer de qui il s'agissait, mais Lottie, avec un signe de tête en direction d'Edward qui servait le thé à un groupe de dames plus loin, la devança.

– Nous avons rencontré le manager de Jasmine tout à l'heure.

– C'est vrai ? s'exclama Zoé qui mit les deux mains sur sa bouche.

– Oui, il s'appelle Steve Lomax. Ils ont loué plusieurs maisons à la résidence de luxe de M. Richards pour Jasmine et toute l'équipe. Je suppose qu'ils vont séjourner ici au moins quelques jours.

– Ça alors ! s'écria Sophie. On va peut-être vraiment avoir l'occasion de la rencontrer !

– À quoi ressemble-t-il, ce M. Lomax ? demanda Amy.

Lottie réfléchit.

– Grand, cheveux bruns en catogan. Très large d'épaules. Je ne peux pas vous donner la couleur de ses yeux parce qu'il n'a pas enlevé ses lunettes noires.

Zoé se rembrunit et Amy se sentit découragée.

– On dirait bien que c'est celui qui nous a empêchées de parler à Jasmine tout à l'heure.

– On n'y arrivera jamais s'il est toujours là, gémit Zoé.

— Oh, va savoir, intervint Callum, qui avait levé les yeux au ciel. Après tout, ce n'est pas grand, ici. Bon, je dois retourner à la ferme pour l'heure de la traite, mais on se revoit plus tard ? J'étais content de vous rencontrer, Gareth, Sophie et Zoé.

Eva se leva à son tour.

— Et moi, je dois réviser mon piano. Et toi, Tanya ?

Celle-ci eut l'air déconcertée un instant, puis cligna des yeux, sourit et bondit de sa chaise.

— Ah, c'est vrai ! Je... j'ai des trucs à faire. À plus tard !

— OK... À plus, alors.

Amy les regarda, un peu ébahie, sortir en groupe du salon de thé, puis elle sourit. « Je vois. Je parie qu'ils préparent quelque chose pour mon anniversaire. »

— Bon, alors ? demanda-t-elle en battant des mains et en se retournant vers les Londoniens. Qu'est-ce que vous pensez de Foxwood, jusqu'ici ?

— C'est génial ! s'enthousiasma Sophie.

— Même les vaches ?

— Même les vaches, assura Sophie avec conviction. En fin de compte, elles étaient plutôt mignonnes. Surtout le petit veau.

— Et tes potes ont l'air super, ajouta Gareth, approuvé par Zoé. Il est cool, Callum.

— On retournera au Summertime cet après-midi, si vous voulez ? proposa Amy. Il y a toujours des trucs qui s'y passent. Mark et son groupe reviendront peut-être jouer.

— Bonne idée, répondit Zoé, qui s'était animée à la mention de la musique. Mais... (Elle lança un coup d'œil à Gareth et Sophie.) On se demandait... On pourrait retourner bientôt à Denton ?

— Denton ? répéta Amy, surprise. Ben, on peut sans doute y aller un jour...

— C'est qu'on a remarqué qu'il y avait un cinéma, l'interrompit très vite Zoé. Il y a *Tomorrow, Forever* à l'affiche.

— Et il y a pas mal de boutiques, ajouta Sophie. J'ai besoin d'un nouveau legging. Et j'ai vu un petit haut dans la vitrine de New Look quand le bus est passé devant...

— Ils ont peut-être un bowling, suggéra Gareth. Il y a toujours un bowling, dans une ville de cette taille.

Il lança un regard interrogateur à Amy.

— Oui, c'est vrai, il y en a un...

— Ben voilà, super ! conclut Gareth, satisfait.

— On peut proposer à Tanya et Callum de venir, offrit Sophie en souriant. Et à tous ceux qui voudront. Histoire de faire une sortie de groupe en ville !

Ils la regardaient avec tant d'espoir qu'Amy dut faire de gros efforts pour masquer sa déception. « Ils sont si pressés de sortir de Foxwood ? Ce n'est que leur premier jour ! »

Mais Zoé, Gareth et Sophie étaient habitués à Londres, se raisonna-t-elle. Ils devaient avoir peur de ne pas arriver à s'occuper et, après tout, pourquoi ne pas passer quelques heures à Denton avec eux ? Elle pourrait en profiter pour faire du shopping, et elle avait aussi envie de voir ce film. Et puis, c'était sympa de faire du bowling.

– Oui, pourquoi pas ? répondit-elle. C'est vrai qu'il y a plein de choses à faire, à Denton. L'hôtel Summertime, c'est sympa, bien sûr, mais je ne veux pas que vous vous ennuyiez. Des fois, ça peut être un peu plan-plan...

Elle ne termina pas sa phrase, se sentant coupable en apercevant Lottie qui l'observait depuis le comptoir. La vieille dame lui adressa un sourire mélancolique. « J'espère qu'elle n'a pas entendu... »

Cependant, elle n'eut pas le temps de s'inquiéter. Un grand homme large d'épaules entra par la porte ouverte, attirant tous les regards avec son costume noir impeccable et ses chaussures en cuir coûteuses qui couinaient sur le carrelage. C'était M. Lomax.

Sans hésiter, il se dirigea droit sur le comptoir et tendit une main manucurée à Edward, puis à Lottie. Il était tout sourires.

– Je suis ravi de vous revoir.

« Il est autrement plus avenant que quand on l'a vu la première fois », pensa Amy avec amertume. Elle attendit la suite avec curiosité. Que venait-il donc faire au salon de thé du Summertime ? Elle esquissa une moue perplexe à l'intention de Zoé, qui retenait son souffle.

– J'ai un petit service à vous demander.

M. Lomax ne s'adressait qu'aux propriétaires, mais sa voix assurée s'entendait dans tout le salon, et les autres clients se turent. Le manager ôta ses lunettes noires d'un geste décidé et les rangea dans la poche de sa veste.

Après un petit temps d'arrêt, Edward demanda avec un sourire prudent :

– Un service ? Bien sûr, de quoi s'agit-il ?

– Mlle Jones adore ce café. Elle trouve que vos gâteaux ont l'air délicieux, et elle aimerait beaucoup venir les goûter.

À côté d'Amy, Zoé étouffa un petit cri.

– Mais c'est avec plaisir... commença Lottie, dont la voix fut couverte par celle de M. Lomax.

– Je peux faire venir la presse et prendre une photo de Mlle Jones ici. Serait-ce possible d'avoir un gâteau au glaçage violet ? Et avec le logo de Purple Craze qui se détache dessus en brillant ?

– Ça ne devrait pas poser de pr...

– Parfait ! conclut le manager en se frottant les mains. Ça va vraiment vous faire une belle publicité, madame. Je m'assurerai que le nom de votre salon de thé soit bien cité par les journalistes.

– Euh, c'est gentil à vous, le remercia Lottie sans enthousiasme.

– Bien entendu, il nous faudra demander à tout le monde de quitter les lieux pour garantir à Mlle Jones un peu de tranquillité.

M. Lomax se retourna d'un coup et sourit comme un requin aux clients.

– Ah, mais attendez un peu, dit Lottie, qui contourna le comptoir tandis qu'Edward regardait le manager, ébahi. Nous ne pouvons pas demander à nos clients de partir.

M. Lomax leva une main et sa grosse chevalière en or étincela au soleil.

– Je vous garantis que Mlle Jones n'a aucunement l'intention de troubler votre après-midi. En compensation, elle souhaiterait régler la consommation de toutes les personnes présentes aujourd'hui. (Ses dents brillèrent d'un éclat blanc qui contrastait avec son bronzage.) Et elle voudrait offrir un cupcake à tous les habitants du village. Qu'en dites-vous ?

Tout le monde était tellement décontenancé que l'espace d'un instant, personne ne sembla en mesure de répondre. Les clients du salon de thé échangèrent des coups d'œil perplexes, hochant la tête, puis haussèrent les épaules avant d'acquiescer timidement.

– Bon, dit Lottie en soufflant un bon coup. C'est très généreux de la part de Mlle Jones. Si ça convient aux clients, ça ne nous dérange pas.

Un par un, les clients terminèrent leurs sandwichs ou leurs gâteaux à la hâte, puis repoussèrent leurs chaises et reprirent leurs affaires. Ils se rassemblèrent tous aux abords du café, dans les dépendances noyées de soleil de l'hôtel. Personne n'avait l'air trop importuné, pensa Amy.

Zoé lui donna un coup de coude.

– C'est trop cool, chuchota-t-elle en lui prenant le bras pour se diriger vers la porte. Enfin, c'est dommage qu'on ne puisse pas boire des smoothies avec elle, mais ça ne m'embête pas de laisser ma table, si c'est pour Jasmine Jones !

– Ah oui, plutôt cool, approuva Amy, qui ne put croiser le regard de Zoé.

Était-ce vraiment cool ? Chasser tous les habitués d'un salon de thé, ou en tout cas leur faire du chantage, juste pour pouvoir avaler un cupcake toute seule ? Amy ne voyait pas ce qu'il y avait de sympa là-dedans. La moitié du plaisir d'une visite au salon de thé du Summertime, c'était de pouvoir échanger les derniers potins et rire un coup avec Lottie, Edward et tous les autres clients.

À côté d'elle, Zoé entama une chanson du groupe en fredonnant. Amy essaya de sourire et de l'imiter. Après tout, elle adorait toujours la musique de Jasmine. Le groupe était fabuleux.

Mais Jasmine Jones avait-elle vraiment ordonné à son manager de repousser ses fans aussi loin que possible ? Elle ne leur était pas très reconnaissante de leur fidélité. Ni de tout l'argent qu'ils dépensaient en téléchargeant ses chansons, pensa Amy avec irritation. Après tout, c'était la seule raison qui permettait à Jasmine d'acheter des cupcakes à tout un village.

Vraiment, elle ne ressentait aucune excitation à laisser la place à Jasmine Jones. Tout ce qu'elle pensait, c'était que l'idole bien-aimée s'était transformée en une vraie diva insupportable.

4

Le lendemain matin, Amy songea que le petit déjeuner devait être très différent dans la villa de luxe louée par Jasmine Jones. Cela ne devait ressembler en rien au joyeux chaos qui régnait dans la petite cuisine de Pat et John. Elle essaya de s'imaginer la scène, au vu du cinéma de la veille : Jasmine était sans doute en train de se faire servir une superbe omelette, aux blancs d'œufs battus, s'il vous plaît, dans une salle à manger impeccable et lisse. Amy sourit. À Apple Cottage, elle et ses amis étaient largement mieux lotis.

John était occupé à retourner des tranches de bacon, tout en évitant Pat qui se faufilait avec des œufs. Tous deux avaient mis au point un très bon système pour cuisiner en même temps, mais la cuisine comprenait encore moins d'espace que d'habitude. Gareth était appuyé contre la huche à pain, en train de terminer son deuxième bol de cornflakes dans la délicieuse odeur de bacon. La radio diffusait une musique bien rythmée, mais personne n'y prêtait attention. Les filles, tout excitées, évoquaient la présence de Jasmine au village et les chances qu'elles avaient de la rencontrer. Thomas faisait mine d'être intéressé et cachait du pain grillé dans ses poches pour le donner à Bart plus tard.

– Encore des tartines ? proposa John par-dessus le brouhaha. (Sans attendre de réponse, il ajouta quatre tranches dans le vieux grille-pain de taille respectable.) Le bacon est presque prêt, Pat. Où en sont les œufs ?

Pat fit tourner la spatule.

– Bientôt prêts ! Thomas, assieds-toi ! Tu ne peux pas aller voir Bart avant d'avoir mangé un vrai petit déjeuner. Et ne va pas croire que je n'ai pas vu le pain dans tes poches !

– Je vais aller jouer chez Steven, dit le petit garçon. Est-ce que je peux emmener Bart ?

– Non, pas avant qu'il soit adulte, répliqua Pat en riant. (Elle posa une assiette de bacon et d'œufs brouillés devant lui.) Et Steven pourra attendre cinq minutes le temps que tu manges.

– Alors, qu'avez-vous au programme ? demanda John, qui sourit aux jeunes en sortant les tartines du grille-pain. Quel sera votre repaire à Foxwood aujourd'hui ? L'hôtel, encore ?

– En fait, on pensait aller à Denton, annonça Sophie, qui assemblait son pain et son bacon en un sandwich. Aller faire du shopping et du bowling.

– Oh ! fit Tanya en la regardant. Ah bon ? Je ne savais pas qu'on avait prévu ça. Bon, d'accord...

– Et on pourrait aller voir un film, poursuivit Sophie. Selon le temps qu'on aura.

– Ça a l'air sympa, admit John d'un ton aimable en jetant un coup d'œil vers Amy.

Celle-ci s'agita sur sa chaise, mal à l'aise. Elle ne voulait pas que Pat et John la pensent lassée de Foxwood après seulement une semaine... Mais ses amis londoniens trouveraient sûrement plus d'occupations à Denton. Les grands-parents de Tanya pouvaient quand même comprendre ça ?

Une fois le petit déjeuner terminé, ils se levèrent tous de table dans un grand raclement de chaises. Au moment où Amy mettait son assiette dans le lave-vaisselle, Zoé lui prit le bras.

– On peut parler ? demanda-t-elle d'un ton insistant.

Les autres avaient déjà quitté la pièce pour aller se préparer, et les deux amies les suivirent à distance. Amy remercia Pat et John en sortant.

– Avec plaisir, lui répondit Pat en souriant. Je suis contente que ton frère ait assez mangé pour tenir la matinée !

– Au minimum ! s'exclama Amy en riant.

Avec Zoé, elles montèrent côte à côte l'escalier qui craquait.

– Qu'est-ce qui se passe ? lui demanda-t-elle.

– Amy, je sais que c'est moi qui avais proposé d'aller à Denton, dit Zoé, mais je me demandais... Est-ce que toi et moi, on pourrait rester à Foxwood, en fin de compte ?

– Pardon ? (Amy s'arrêta.) Je croyais que tu voulais absolument aller à Denton !

– Oui, ça m'aurait plu, mais... (Zoé prit une profonde inspiration.) Tu vois, je cherchais Jasmine sur Internet ce matin.

– Ah, je comprends. Alors c'est pour ça que tu étais la dernière à descendre ! Je me demandais ce qui te prenait autant de temps. Et que disait son site ?

– Eh bien tu sais, la rumeur sur la fin du groupe ?

Amy hocha la tête.

– Elle court depuis un moment maintenant. Ne t'en fais pas pour ça, Zoé.

– Mais là, c'est pour de bon. C'était sur leur compte Twitter officiel, Amy. Purple Craze cherche une nouvelle chanteuse ! On ne sait pas qui part pour l'instant, mais il paraît que c'est Carla.

Amy lui lança un regard incrédule.

– Vraiment ?

– Je suis sérieuse. Et tu sais ce que ça veut dire ?

Amy avait malheureusement l'impression de le savoir.

– Tu voudrais passer une audition ?

– Oui ! s'exclama Zoé en serrant le bras de son amie. Une audition devant Jasmine ! Il faut juste qu'elle m'entende chanter, et elle adorera ma voix. Je le sais !

– Waouh, Zoé, rétorqua Amy en la regardant. C'est un gros espoir, ça.

– Oui, mais tu sais que ma voix s'accorde parfaitement avec celles des autres membres du groupe. Tu m'as entendue chanter sur la musique de leurs disques assez souvent.

– C'est vrai, concéda Amy. Mais...

Zoé secoua la tête.

– Franchement, c'est le plan parfait. Même si Jasmine ne veut pas de moi dans le groupe, elle pourra m'aider à me lancer. Elle me donnera des contacts dans le milieu de la musique ! Je sais qu'elle le fera !

– C'est vrai que tu as une super voix, Zoé. Mais comment est-ce qu'on va l'approcher ? fit Amy en haussant les épaules. Toi aussi, tu as vu son horrible manager hier. Et c'est sûrement une consigne de Jasmine, de garder les fans à distance.

– Oh, s'il te plaît, Amy. Je t'en prie. On pourrait facilement la trouver en se baladant dans Foxwood aujourd'hui. Il faut que tu m'aides, c'est l'occasion du siècle pour moi ! Peut-être la seule occasion, d'ailleurs !

Toujours incrédule, Amy regardait Zoé quand on frappa vigoureusement à la porte. Très soulagée par cette interruption, elle redescendit l'escalier et ouvrit en grand.

– Amy ! s'exclama Callum en souriant et en désignant Eva à côté de lui. On a des idées pour aujourd'hui !

– Ça me fait plaisir de vous voir, dit Amy avec chaleur, avant de laisser passer Callum et Eva dans le couloir. Alors, c'est quoi votre plan ?

– On se disait qu'on pouvait faire découvrir à tes amis les environs en vélo, répondit Eva gaiement.

– Mais ils n'ont pas de vélo, commença Amy.

– Mais on en a des tas à leur prêter, contra Callum. À l'hôtel, souviens-toi ! Tout le monde a apporté des vielles bicyclettes à la fin de l'été dernier.

– On pourrait aller voir les grottes à côté de la carrière, ajouta Eva en rejetant sa mèche de cheveux roses. Elles sont superbelles, et il n'y a rien de comparable à Londres, lança-t-elle avec un grand sourire à Zoé. Elles vont très loin sous la falaise, avec plein de stalactites et d'autres structures tarabiscotées. Et c'est génial de voir tous les animaux des alentours.

– On en a vu beaucoup par là-bas, approuva Callum. Des renards, des lièvres. Un blaireau, une fois. Et impossible de compter les oiseaux qui vivent sur les falaises. Tanya pourrait apporter son appareil et les prendre en photo. Tu sais comme elle aime mettre ses photos sur sa page Tumblr.

– C'est une bonne idée, mais...

– On pourrait emporter un pique-nique, poursuivit rapidement Eva, sans donner à Amy l'occasion de l'interrompre. C'est la journée parfaite pour aller là-bas !

– Alors, qu'est-ce que vous en pensez ?

Callum lança un regard plein d'espoir à Amy et Zoé, puis regarda derrière elles en souriant. Amy se rendit compte le cœur serré que Tanya, Sophie et Gareth étaient arrivés.

Prise entre deux feux, elle considéra ses amis de Foxwood puis les autres, incapable d'imaginer une seule explication justifiant qu'elle ne suive ni l'un ni l'autre des plans bien étudiés de chacun.

« Aïe, comment tout a-t-il pu devenir si compliqué en une seule journée ? »

Gareth vint à sa rescousse.

– Les vélos, ça serait super, mais en fait, on va à Denton. Au bowling. Ça vous dit de venir ? demanda-t-il à Callum avec un grand sourire. On allait passer vous demander ! Ça va être génial.

Une lueur de déception apparut sur le visage de Callum, Amy en était sûre, mais elle passa outre rapidement.

– Oui bien sûr. Alors c'est parti ! On va venir faire du bowling. OK, Eva ?

– Oui, d'accord, accepta celle-ci.

Amy en ressentit une profonde gratitude. Elle savait très bien que Callum comme Eva auraient préféré passer une journée dans les grottes, surtout avec le grand soleil qui régnait. Malgré tout, ils s'efforçaient de se montrer accueillants et de s'adapter à ses amis londoniens.

– On pourra prendre les vélos un autre jour, ça me plairait beaucoup, dit-elle. C'est une super idée.

Callum hocha la tête, mais Amy sentait Zoé qui ne la quittait pas des yeux. Elle s'éclaircit la gorge et se lança :

– Par contre, en fait... Vous irez à Denton sans nous. Zoé et moi, on va rester à Foxwood.

– Pardon ? s'étonna Eva, le nez plissé. Pourquoi vous ne venez pas ? Qu'est-ce que vous mijotez ?

Sous le regard stupéfait de son amie, Amy se racla la gorge encore une fois.

– On va chercher à rencontrer Jasmine Jones.

Le silence s'installa dans l'entrée. Pas même une blague de Callum sur les fans hystériques. Posant les yeux sur lui, Amy constata qu'il était abasourdi. Quant à Tanya, elle paraissait blessée, tout simplement.

– Alors tu vas passer la journée avec Zoé ? Toutes les deux, sans personne d'autre ?

– Ben, justement, on se dit que ça n'intéresse personne d'autre, marmonna Amy, gênée.

– Eeeeet... vous avez bien raison ! enchaîna Callum, avec un sourire forcé. Allez, partez pour votre mission. On saluera Denton de votre part !

En les regardant prendre leur sac et mettre leurs chaussures, Amy se sentit soudain exclue. Ils sortirent tous ensemble. Elle avait très envie de courir les rejoindre. « Mais ce serait laisser tomber Zoé... » Elle soupira intérieurement. Elle ne s'était jamais sentie à tel point partagée. Qui aurait cru que ces vacances se révéleraient aussi compliquées ?

– On se retrouve tout à l'heure, lança-t-elle aux autres, qui se dirigeaient vers l'arrêt de bus au bout de la route.

Même si elle doutait d'apprécier sa propre journée, elle parvint à ajouter :

– Et amusez-vous bien...

5

La résidence de luxe était située bien à l'écart, au bout d'une allée calme et ombragée des abords de Foxwood, abritée par de vieux bouleaux et d'immenses haies bien taillées. Ces maisons avaient autrefois fait partie d'un corps de ferme, mais au premier coup d'œil, on ne retrouvait pas grand-chose des anciennes structures. L'entrée de la résidence était barrée par un portail de fer forgé ouvragé, flanqué d'immenses piliers. Il était fermé et Amy aperçut un mécanisme électrique sur l'un des piliers.

« Un portail automatique... » Elle se sentit impressionnée malgré elle. M. Richards aimait vraiment que ses propriétés soient pourvues de tous les équipements les plus coûteux.

Aujourd'hui, ce goût du superflu s'avérerait peut-être utile : trois minibus étaient garés à la diable devant la résidence, tous munis de paraboles et d'antennes dressées. *Channel Pop*, annonçait le logo sur l'un d'eux. Un attroupement de journalistes se pressait au portail. Ils jouaient des coudes pour être mieux placés, n'hésitant pas à invectiver ceux qui parvenaient à se faufiler dans un endroit plus avantageux. L'un d'eux, monté sur un escabeau appuyé contre la haie, brandissait un énorme téléobjectif. Une jeune aux cheveux blond platine coupés court était occupée à parler à la caméra. Quand les deux amies s'approchèrent, la *camerawoman* leur fit signe de s'écarter d'un geste impatient.

– Bon, fit Zoé une fois qu'elles se furent éloignées de la cohue. Au moins, on est sûres d'avoir trouvé la bonne maison.

– Comment supporte-t-elle les paparazzis ? s'interrogea Amy. Tu t'imagines, avoir la presse qui suit le moindre de tes mouvements ?

Zoé haussa les épaules sans joie.

– C'est comme ça qu'on a des infos sur elle. Tout ce qui ne figure pas sur sa chaîne YouTube, en tout cas.

– Et ça ne doit pas être comme ça tout le temps, concéda Amy. C'est sans doute spécial aujourd'hui, avec la rupture du groupe.

– À ton avis, elle loge dans quelle maison ? demanda Zoé, qui recula sur la pente et se dressa sur la pointe des pieds pour tenter de voir derrière la haie. Il y a trois bâtiments différents, et le plus grand est au milieu.

– Ce doit être celle de Jasmine, alors. Mais ça, c'est la partie facile, soupira Amy. Comment va-t-on bien pouvoir entrer ? Tu as des idées ?

Zoé fit non de la tête. Du coin de l'œil, Amy vit à quel point elle était déçue. « Elle est vraiment fixée sur son idée. Allez, faut réfléchir. Il y a forcément un moyen... »

Frustrée, elle fourra les mains dans ses poches de jean, et ce n'est que quand ses doigts rencontrèrent l'oreillette Bluetooth qu'elle se souvint de l'incident. Pleine d'espoir, elle la montra à Zoé.

– Qu'est-ce que c'est ? demanda son amie en touchant l'objet. Une oreillette ?

– Je l'ai trouvée hier avec Callum, quand on rassemblait les vaches. Quand vous êtes retournés vers le village, on a trouvé un dernier veau en vadrouille. C'est là qu'on l'a aperçue, dans l'herbe à côté de la barrière.

– D'où elle sortait ? fit Zoé, intriguée.

– Ça nous a pris un moment pour comprendre, mais ils ont dû essayer de prendre un raccourci par la route de Turnpike Farm, puis se rendre compte que leur véhicule était trop large. L'un des agents de sécurité a dû le faire tomber quand il est sorti guider le cortège.

– Ah, d'accord ! Alors ils vont avoir envie de la récupérer ?

Amy approuva avec le sourire.

– Ça vaut le coup d'essayer. En citoyennes honnêtes, on va la restituer à son propriétaire.

– Je savais bien que tu trouverais quelque chose ! piailla Zoé, qui étreignit Amy sans prévenir, manquant de lui faire lâcher la fameuse oreillette. Tu es la meilleure amie du monde !

– Attends, on n'est pas encore dans la place ! rigola Amy. Mais on va déjà pouvoir tenter le coup.

Elles prirent conscience de leur premier obstacle dès qu'elles eurent sauté du haut accotement et traversé la route à nouveau. Le rassemblement de photographes autour du portail était quasiment impénétrable, et l'attente les mettait clairement de mauvaise humeur. L'un d'eux donna à sa voisine un coup de coude si appuyé que celle-ci faillit heurter la tête d'Amy avec l'objectif de son appareil. Pendant qu'elle manifestait son mécontentement à son collègue de manière véhémente, Amy se baissa et se hâta d'avancer en entraînant Zoé par la main.

Au moins, elles étaient assez menues pour passer plus ou moins inaperçues, au milieu des journalistes qui échangeaient des insultes au-dessus de leurs têtes. « On y est presque », pensa Amy, soulagée. Elle se faufila entre un homme en anorak et un autre portant une veste en jean. Comme le deuxième la regardait avec irritation, Amy poussa encore un peu et... elle sentit son épaule heurter un trépied ! L'appareil photo placé dessus vacilla, et son propriétaire le rattrapa juste à temps pour l'empêcher de tomber.

– Dis donc ! tonna-t-il. Tu te prends pour qui ?

Amy refit surface à l'avant de la foule, suivie de son amie, qui avait maintenu le cap tant bien que mal. Elle se retourna vers le journaliste, un grand homme rouge de colère qui ouvrait la bouche pour se remettre à lui crier dessus. Amy recula d'un pas et se mordit la lèvre. Avant qu'elle arrive à bafouiller une excuse, une voix bourrue se fit entendre de l'autre côté du portail.

– Qu'est-ce qui se passe ?

Les cris du photographe, encore plus sonores que les autres, avaient attiré l'attention d'un des agents de sécurité. À travers les grilles, il dévisagea Amy et Zoé d'un air peu amène.

– Vous avez deux fans hystériques ici ! lança l'un des paparazzis, faisant ainsi rire de bon cœur ses collègues.

Le vigile se renfrogna encore.

– Ne vous approchez pas, jeunes filles ! Vous êtes sur une propriété privée. Mlle Jones ne viendra pas signer d'autographes. (Il croisa les bras d'un air agressif.) Allez, dégagez.

– Attendez, le supplia Amy, qui fouillait dans sa poche. Regardez, on a trouvé cette oreillette ! Elle doit appartenir à l'un d'entre vous, non ?

Il regarda de plus près.

– Effectivement, c'est à nous. Où l'avez-vous trouvée ?

– Par terre, devant un champ. Du côté de Turnpike Farm, expliqua la jeune fille.

– D'accord, c'était au moment du demi-tour.

Se tournant vers l'une des maisons, il se mit à crier :

– Dis donc, Jim ! T'as de la chance, ton oreillette a été retrouvée.

Il regarda à nouveau vers Amy.

– Merci, les filles. Maintenant, je vous conseille d'y aller.

– Mais attendez un peu ! (Dans sa frénésie, Amy agrippa les grilles.) On ne pourrait pas juste dire bonjour à Jasmine, s'il vous plaît ? On est venues jusqu'ici avec votre machin Bluetooth.

Elle entendit sa voix se fêler, et ce n'était pas feint. Cela serait-il persuasif ?

– Oh, je vous en prie, l'appuya Zoé, d'une voix encore plus éraillée. Je suis chanteuse, vous voyez ? Et j'aurais vraiment voulu que Ja...

– Nous sommes de grandes fans de Jasmine ! la coupa Amy, préférant éviter que l'agent de sécurité ne les prenne pour des folles.

Le désespoir de Zoé lui avait donné une idée, et elle poursuivit.

– On a toutes ses chansons, on la suit sur YouTube, et on voudrait simplement la voir cinq minutes. Si vous refusez, on sera vraiment tristes, et tous les paparazzis rassemblés ici n'auront que les photos de deux fans en larmes ! Quel message ça donnerait ? (Distinguant une lueur d'incertitude dans l'expression de son interlocuteur, Amy essaya de paraître raisonnable.) Qu'en dites-vous ? On fera vite, promis !

– S'il vous plaît ? ajouta Zoé en faisant de grands yeux éplorés.

Le vigile hésita, passant sa main sur ses cheveux rasés de près.

– Franchement, je devrais pas...

– On vous promet de ne pas l'embêter longtemps, insista Amy, les jointures des doigts blanches sur le portail.

– Bon, d'accord, finit-il par céder avec un soupir, en regardant sa montre. Juste pour cette fois.

Amy crut bien que Zoé allait se mettre à flotter dans les airs comme un ballon de baudruche tellement elle était contente. Ravie elle aussi, elle lui lança des sourires. Jasmine Jones jouait peut-être un peu les stars capricieuses, mais elles allaient pouvoir la rencontrer en personne ! « Elle doit être beaucoup plus sympa quand elle n'éjecte pas tout le monde d'un café », se dit-elle.

Le vigile entrouvrit à peine le portail, prit bien garde qu'aucun journaliste ne s'introduise dans la résidence en même temps qu'Amy et Zoé, et le referma tout de suite. Décidément, il y avait peu de traces de l'ancien statut des bâtiments, constata Amy sur le trajet. L'allée était goudronnée de façon à être bien lisse, les pelouses de part et d'autre bien vertes et très entretenues. Quant aux maisons, leurs murs avaient été blanchis et percés d'imposantes fenêtres du sol jusqu'au toit. Difficile d'y retrouver la maçonnerie traditionnelle.

– Ça alors, chuchota Zoé à Amy en montant les larges marches du perron. C'est ce que j'appelle une maison de campagne !

« Elle ne ressemble pas à celles que je connais, jugea Amy, qui garda son scepticisme pour elle-même. Mais c'est vrai que le résultat est beau. »

L'agent de sécurité leur fit franchir la porte d'entrée, puis un vaste vestibule au parquet de hêtre. En arrivant dans la cuisine étincelante où personne semblait n'avoir jamais cuisiné, les deux filles regardèrent autour d'elles, impressionnées.

Tous les éléments étaient en inox, marbre et chrome, avec des suspensions très stylées au-dessus du bar à petit déjeuner. Au fond de la cuisine s'ouvrait un coin repas, doté d'une table de verre décorée d'un immense bouquet de lis blancs. Cette pièce donnait sur un salon aux murs de verre où une gigantesque télévision à écran plat se dressait au-dessus d'une fausse cheminée, entourée de canapés en cuir blanc. Amy se pencha vers son amie et murmura :

— Je n'ose rien toucher, de peur de laisser des traces de doigts !

— Tu l'as dit ! fit Zoé avec un gloussement nerveux.

— Attendez ici, toutes les deux, annonça le vigile, qui accrocha son talkie-walkie à sa ceinture et désigna les tabourets de chrome près du comptoir. Mlle Jones est dans son bureau.

Il esquissa un geste vers une porte de chêne à peine entrebâillée. Effectivement, on entendait une voix murmurer.

— Elle est au téléphone pour l'instant, mais je vais lui annoncer votre visite. Merci de ne faire aucun bruit pour ne pas la déranger.

Amy se hissa sur l'un des tabourets. Son cœur tambourinait maintenant dans sa poitrine, aussi imaginait-elle presque ce que ressentait Zoé. Son amie n'arrêtait pas de plier et déplier les mains. Elle regarda avec envie le vigile qui ouvrit un peu plus la porte. Amy observa encore la cuisine pour s'occuper. Celle-ci était encore moins vivante qu'elle ne l'avait cru, car on n'entendait même pas le bourdonnement d'un appareil ménager en fond sonore. Sidérée, elle poussa Zoé du coude.

– Le réfrigérateur n'est même pas allumé ! souffla-t-elle.

– Elle ne doit pas manger ici du tout, répondit Zoé d'une voix tremblante. Ou peut-être qu'elle se fait tout livrer.

– Possible, mais je ne vois pas où elle prendrait ses repas, parce qu'on ne voit même pas une miette.

– Ça doit être extraordinaire d'être Jasmine, soupira Zoé d'un ton rêveur.

– Chut ! lança l'agent de sécurité avec un regard sévère, avant de se retourner vers Jasmine.

Elles entendirent encore des murmures, puis un cri perçant déchira l'air, ce qui faillit bien faire tomber Amy de son tabouret.

– Et si vous alliez vous faire voir ?

Le vigile recula d'un pas, choqué, et la lourde porte lui claqua au nez. Le claquement résonna dans le silence ébahi, et pendant un instant, il parut aussi interloqué que les deux amies.

Amy descendit de son tabouret, les poings serrés.

— Elle s'adressait à nous, c'est ça ?

Le vigile hocha la tête, mais avec la bonne grâce d'être un peu gênée.

— On dirait... Elle a dû vous entendre parler.

— Ce n'est pas une raison pour être aussi rustre, répondit Amy avec colère.

À nouveau, elle avait le cœur battant, mais c'était maintenant de fureur. Se tournant vers Zoé, elle la vit pâle et sous le choc, toute la joie et l'excitation ayant quitté ses yeux.

— Allez, viens, Zoé, dit Amy en lui prenant le bras pour la faire descendre de son tabouret, puis l'emmener à la porte dans le vestibule élégant. On s'en va.

— Mais... peut-être... hésita Zoé d'une voix rauque.

Elle jeta un regard en arrière, mais Amy l'entraîna.

— Non, elle ne va pas accepter de nous voir. Merci de nous avoir laissées venir, monsieur, parvint-elle à dire au vigile à travers ses dents serrées. Allez, Zoé. Ne te mets pas dans tous tes états, elle n'en vaut pas la peine.

Amy afficha un sourire factice en emmenant Zoé dans l'allée.

— N'aie pas l'air triste devant les reporters, sinon ils vont nous harceler pour qu'on leur raconte ce qui s'est passé, recommanda-t-elle à voix basse.

– OK, dit Zoé en redressant les épaules.

Avec autant de dignité que possible, elles attendirent que l'agent de sécurité leur rouvre le portail, puis se faufilèrent encore une fois parmi les paparazzis.

Amy pressa la main de Zoé dans la sienne quand elles émergèrent de la cohue. Son amie, la mâchoire serrée, semblait s'efforcer par tous les moyens de ne pas pleurer. Amy avait le cœur gros pour elle, mais sa fureur à l'encontre de Jasmine Jones l'emportait. En ce moment, elle était trop fâchée pour se sentir déçue.

Zoé essuya une larme d'un geste discret.

– Je pensais vraiment qu'on allait la voir. Je n'arrive pas à croire...

– Je sais. Essayons de ne pas y penser.

– Tu sais, Amy, je crois que Jasmine ne cherchait pas vraiment à...

Le téléphone d'Amy vibra dans sa poche, ce qui lui évita de devoir répondre.

– C'est un texto de Tanya. Elle propose qu'on se retrouve à l'hôtel Summertime tout à l'heure, quand ils rentreront de Denton. Mais on peut y aller tout de suite et voir qui il y a là-bas, qu'est-ce que tu en penses ?

– D'accord.

— Bon, au moins, on est fixées, ajouta Amy. Ça sera chouette de voir les autres au lieu de perdre notre temps.

Zoé ne répondit pas tout de suite et, d'un coup d'œil, Amy constata que son amie n'était pas enthousiaste du tout. En fait, elle avait l'air piquée au vif.

Que dire ? « Qu'est-ce que je fais de mal ? J'ai l'impression de faire une grosse erreur, mais laquelle ? »

Pendant qu'elles traversaient le parc pour se diriger vers le Summertime, Amy réprima un soupir de frustration. Dire que cette semaine s'annonçait si sympa !

Pourquoi tout devait-il se compliquer ?

6

Les clameurs qui emplissaient le Summertime égayèrent Amy. Les plus jeunes des enfants jouaient à leurs jeux habituels, dont la plupart semblaient consister à se courir après dans les escaliers en criant le plus fort possible. Avec Zoé, elle était assise sur un fauteuil poire de la salle de bal animée, où elles écoutaient Mark chanter, accompagné de la batterie d'Oscar et des guitares de Tom et Jack.

– Il a vraiment une belle voix, commenta Zoé. Il pourrait en faire son métier, s'il voulait.

– Comme toi, dit Amy sans réfléchir.

Un peu tard, elle se souvint que ce n'était pas le moment de relancer Zoé sur le sujet de sa future carrière et des possibilités d'avancement qu'aurait pu lui offrir Jasmine Jones. Elle sourit en apercevant Tanya dans l'assemblée.

– On est là ! appela-t-elle.

Sa demi-sœur leur fit signe. À côté d'elle, Callum agitait ses boucles brunes en rythme avec la musique. La vue de ses amis améliora tout de suite l'humeur d'Amy. Eva plaisantait avec Gareth et Sophie. Pendant qu'ils s'avançaient dans la salle, Sophie sourit et souffla quelques mots à Callum, qui lui répondit en s'esclaffant.

Amy se sentit submergée de soulagement. Depuis le malaise du premier jour, elle s'était beaucoup inquiétée à l'idée que ses amis d'un endroit et de l'autre ne s'entendent pas.

— Tanya, fit-elle en embrassant sa demi-sœur. C'était bien, à Denton ?

— Super, lui répondit Tanya en souriant aussi à Zoé. Mais plus important, avez-vous réussi à trouver Jasmine Jones ?

Amy s'apprêtait à répondre, quand Zoé lança avec allant :

— Presque ! On n'a pas été loin, pas vrai, Amy ?

— C'est vrai, on l'a trouvée, reconnut Amy. Et on a été invitées à entrer dans sa maison, mais...

— Incroyable ! s'exclama Tanya. Vous êtes entrées à l'endroit où elle loge ?

— C'est pas génial ? approuva Zoé, dont la tristesse semblait s'être évaporée comme par magie. Il faut qu'on réessaie ! On ne peut pas abandonner maintenant, hein, Amy ?

« C'est pas vrai, pensa Amy. Elle a réussi à se convaincre que Jasmine Jones ne nous a pas jetées comme des malpropres ! Elle ne va pas lâcher l'affaire... »

Elle se hâta de changer de sujet.

– Alors, Tanya, raconte-nous ce que vous avez fait.

– Mieux, je vais vous le montrer.

Tanya brandit son appareil et fit défiler les photos de leur journée, qui étaient, comme toujours, aussi réussies que des clichés de professionnel. Amy n'aurait pas été surprise d'en découvrir dans l'un des magazines sur papier glacé que lisait Pat.

On les voyait au bowling, avec d'excellentes photos prises sur le vif. Callum qui se retournait en levant les bras en signe de victoire. Gareth en train de lancer, image même de la concentration et de la détermination. Une superbe prise de vue de tout le groupe après la partie, l'air hilare, les pieds en l'air pour bien montrer les chaussures de bowling.

– C'est Eva et moi qui avons gagné, bien sûr, expliqua Tanya. Callum et Gareth étaient si persuadés qu'ils allaient nous écraser ! Ha, ha.

– Les garçons m'ont entraînée dans leur chute, se plaignit Sophie.

– N'importe quoi, intervint Callum en regardant par-dessus l'épaule d'Amy. L'autre équipe a eu de la chance sur certains coups et puis, en gros, on l'a laissée gagner.

– Dis donc ! s'indigna Tanya, qui lui tapa sur le bras en riant.

Amy regarda les photos une à une, s'efforçant de garder le sourire avec beaucoup de volonté. Ils s'étaient bien amusés, et elle aurait souhaité pouvoir être avec eux... au lieu de quoi elle avait dû chaperonner Zoé dans sa poursuite effrénée de Jasmine Jones.

« Bon, je suis injuste, s'admonesta-t-elle. J'étais plutôt enthousiaste aussi... Mais j'aurais vraiment préféré aller à Denton à la place. »

Tandis que Tanya et Sophie riaient encore en regardant les photos et racontaient à Zoé les bouffonneries des garçons pendant la partie, Callum poussa discrètement Amy du coude.

– Alors, comment ça s'est passé, en réalité ?

– Pff... fit-elle, l'air désespéré, avant de parvenir à lui décocher un sourire contraint. Ce n'est pas évident ? Une perte de temps, et pas agréable, pardessus le marché.

– T'en fais pas, on n'aurait pas deviné, dit-il en lui pressant le bras avec gentillesse. Je commence à bien te connaître, c'est tout. Pourchasser des célébrités, ce n'est pas vraiment ton truc, si ?

Elle frissonna.

– C'était horrible. Humiliant. On a simplement essayé de voir Jasmine, mais elle a été infecte.

Elle nous a claqué la porte au nez ! Et maintenant, Zoé a l'air de se convaincre que ce n'est jamais arrivé...

Elle secoua la tête.

– La *lose*, approuva Callum. Bon, ne te laisse pas entraîner dans ce genre de plans la prochaine fois. Tu nous as vachement manqué, aujourd'hui.

Elle sourit, soudain apaisée malgré cette journée gâchée. Elle était émue d'avoir manqué aux autres, et très touchée que Callum prenne la peine de l'en informer.

– Je ne referai plus la même erreur, promit-elle. Ah, chut ! Ils s'arrêtent et je ne veux pas que Zoé m'entende m'apitoyer sur mon sort.

Mark et ses amis buvaient du soda à la canette et comparaient des notes. Oscar reposa ses baguettes tandis que Jack et Tom rangeaient les guitares sur leur support. Mark plaqua quelques accords sur sa guitare électrique, mais comme il l'avait débranchée, on n'entendait pas grand-chose. Ils devaient parler de leur nouvelle composition, pensa Amy, et ils n'étaient pas encore prêts à la jouer en public. Les bruits de conversation s'élevèrent et les jeunes commencèrent à se disperser, mais elle repéra Lucas qui s'approchait.

– Hé, vous tous ! lança-t-il en levant une tablette numérique. Venez par ici !

Amy sourit en douce. Il était toujours autoritaire et un peu sûr de lui, mais bien plus agréable que le Lucas qu'elle avait rencontré l'été précédent. Il s'était employé à canaliser ses tendances d'enfant gâté, et il participait aux projets de l'hôtel Summertime plutôt que de les railler en permanence.

— OK, qu'est-ce que tu nous veux ? demanda Amy une fois ses amis rassemblés autour de lui.

— Il va falloir se bouger ! annonça Lucas en faisant de grands gestes avec sa tablette. Il paraît que vous donnez une fête toutes les deux samedi soir. Sans vouloir vous vexer, je ne peux pas vous laisser organiser. Vous connaissant, ça va se terminer avec de la musique nulle, de la nourriture bof et... allez, vous allez inviter les parents, un truc dans le genre.

Amy éclata de rire. Lucas avait une étincelle moqueuse dans les yeux, et c'était agréable de le voir rire avec eux plutôt qu'à leurs dépens.

— Ah, tu crois ? fit-elle. Dans ce cas, va falloir nous donner tes idées.

— Oui, tu es responsable de la fête, décréta Tanya, solennelle. Nous n'avons d'autre choix que de vous suivre, Votre Seigneurie.

— Voilà qui est mieux, répondit Lucas d'un ton snob. Un peu de respect, que diable ! ajouta-t-il, le sourire aux lèvres. Bon, toi et Zoé, vous allez avoir droit à une vraie fête. Regardez ce que j'ai trouvé.

Tout le monde se pencha sur la tablette.

– Tu as utilisé Troc en stock ? s'étonna Callum.

– Ouaip. Et voilà le boulot : je nous ai repéré une vraie sono. Celle de l'année dernière, sincèrement, elle ne valait pas un clou.

– Hé, ho ! lança Mark, faussement vexé.

– C'est super, dit Amy en découvrant les détails sur l'écran tactile. Le propriétaire veut juste qu'on dégage ses gravats en échange. C'est dérisoire, comme prix !

Elle sentit Tanya qui lui tirait sur la manche et se tourna vers elle pendant que Lucas continuait d'exposer ses idées aux autres.

– Qu'est-ce qu'il y a ? chuchota-t-elle.

– Tu es sûre ? demanda Tanya. Tu sais bien que parfois, Lucas aime tout gâcher.

Amy secoua la tête, pensive.

– Plus maintenant, je pense qu'il est sincère. Et il a déjà bien réfléchi à l'organisation. C'est chouette de le voir s'impliquer.

Lucas, réellement très animé et enthousiaste, exposait ses plans à Gareth et Sophie, qui paraissaient impressionnés. Difficile d'en dire autant de Zoé. Amy se rembrunit légèrement en la regardant. Les bras croisés, elle semblait peu intéressée et ne participait pas à la conversation. Visiblement, elle était fâchée, elle boudait.

Amy poussa un soupir puis souffla pour dégager les cheveux qui lui tombaient dans les yeux. « C'est dingue, quand même. Je ne comprends pas ce qui lui prend ! »

Il était temps d'aller à la pêche aux bons conseils...

L'hôtel Summertime était particulièrement magnifique sous les rayons du soleil, pensa Amy en traversant la propriété pour se diriger vers le salon de thé. Jack et Oscar s'étaient relayés à la corvée de tondeuse, et les pelouses étaient bien vertes et élégantes. Le soleil se reflétait sur les fenêtres et des enfants parmi les plus jeunes avaient planté des soucis, des pétunias et des capucines qui formaient des taches de couleurs vives en contraste avec les murs clairs. Malgré son humeur lugubre, Amy se sentit le cœur plus léger qu'à son arrivée à l'hôtel. Quand elle passa la porte de derrière, une file d'enfants de huit ou neuf ans sortit en courant et en poussant des cris de joie, pour se diriger vers les bois.

Le salon de thé était joli lui aussi, avec son bois peint de couleurs pastel et ses stores rayés. La piscine qui se trouvait devant, n'avait pas encore été remplie, mais elle avait été nettoyée des feuilles mortes et les carreaux bleus frottés jusqu'à briller au soleil. « Peut-être qu'on pourrait se procurer une pompe via Troc en stock, rêvassa Amy, et enfin la remplir d'eau... »

En gravissant les marches de bois du perron, elle s'arracha à ses plans sur la comète et se sentit à nouveau abattue. Allez, Lottie serait forcément de bon conseil, comme d'habitude. « Sans Lottie, la vie serait beaucoup plus compliquée », pensa-t-elle avec affection. Elle avait fait bien plus pour les enfants de Foxwood que leur laisser l'usage du Summertime.

La sonnette au-dessus de la porte émit un tintement joyeux quand Amy la poussa, et Lottie lui envoya un sourire depuis le comptoir.

– Amy ! Quelle bonne surprise !

– Bonjour, Lottie, répondit Amy en lui rendant son sourire. Bonjour, Edward.

Le vieux monsieur lui adressa un salut depuis la caisse.

– Comment vas-tu, Amy ?

– Oh, pas mal.

Amy contourna les tables pour se diriger vers le comptoir et posa sans entrain les yeux sur les gâteaux et les plateaux couverts de pâtisseries. Lottie lui jeta un regard pénétrant.

– Amy, j'ai à faire derrière, tu veux bien venir m'aider ?

Edward lança à Lottie un clin d'œil entendu, et Amy suivit Lottie par le rideau de perles vers le petit appartement à l'arrière de l'abri de piscine. Ce petit logement n'avait rien de commun avec le faste connu par Lottie à l'hôtel Summertime, mais il était aussi accueillant et bien tenu que le salon de thé.

Dans la cuisine, Lottie fit signe à Amy de s'installer à la table en pin, et Amy s'assit pendant que son amie s'affairait à préparer du thé et à disposer une fournée de cookies sur une assiette. À l'évidence, Lottie comprenait qu'il y avait quelque chose ; Amy ne dit donc rien avant qu'elle pose le plateau à thé et prenne place en face d'elle. La vieille dame s'inclina en avant, joignant les mains avec un sourire encourageant.

– Très bien, Amy. Dis-moi ce qui te tracasse.

– Vous avez bien deviné, soupira la jeune fille. J'ai besoin de conseils.

– C'est ce que je pensais, avoua Lottie en leur versant le thé. C'est lié à tes amis de Londres ? J'aurais du mal à croire que tu te sois encore brouillée avec Tanya !

– Non, vous avez raison, tout se passe bien avec Tanya, maintenant. Gareth et Sophie aussi, ils ont l'air d'apprécier leur séjour, mais c'est Zoé. J'ai l'impression d'avoir fait quelque chose de mal, mais je ne sais pas quoi !

– Ah, mais c'est avec elle que tu partages ta fête d'anniversaire, non ? C'est ta meilleure amie ?

– Oui, depuis toujours. Mais depuis qu'elle est à Foxwood, il y a quelque chose qui cloche. Elle est... en retrait. Sauf quand il s'agit de courir après Jasmine Jones. Elle ne me parle pas. Enfin, elle ne se confie pas du tout à moi, je veux dire.

– Ah, fit Lottie en remuant son thé d'un air pensif. Je sais que vous êtes toutes les deux fans de cette Jasmine Jones. Peut-être Zoé ne parvient-elle pas à penser à autre chose pour l'instant ? Ça pourrait n'avoir aucun rapport avec toi.

Amy secoua la tête.

– Je crois que ce n'est pas tout. Elle est bizarre depuis son arrivée. Un peu froide, pour tout dire.

– La présence de Jasmine Jones à Foxwood ne doit pas aider.

– Zoé meurt d'envie de la rencontrer, soupira Amy, mais à mon avis, c'est vraiment une mauvaise idée. On a essayé hier, grâce au vigile, mais Jasmine s'est montrée infecte. Apparemment, elle n'est pas sympa du tout. Même si Zoé arrivait à lui parler, j'ai franchement peur qu'elle se fasse recevoir.

— Et bien entendu, tu ne veux pas que Zoé ait de la peine, enchaîna Lottie, la mine préoccupée. Jasmine ne paraît vraiment pas très sympathique. C'est quand même dommage qu'elle soit venue là, et juste au moment de la visite de tes amies. Tout aurait été plus simple !

— Sans doute, approuva Amy en posant le menton sur ses mains. Ce n'était peut-être pas une bonne idée de faire venir mes copains de Londres. J'aurais dû garder mes deux mondes séparés.

— Tu cherchais à partager les choses qui te tiennent à cœur. C'était impossible de prévoir que Zoé n'apprécierait pas Foxwood autant que toi.

— En tout cas, maintenant, c'est compliqué.

Lottie garda le silence un moment et remplit à nouveau leurs mugs. Elle reposa la théière avec précaution, puis laissa retomber ses mains sur le torchon à carreaux.

— Vois les choses du point de vue de Zoé. Elle ne se sent peut-être pas à sa place. Ça doit être dur pour elle de te voir aussi proche de Callum et Eva. Elle connaissait déjà Tanya, mais eux, elle ne les avait jamais rencontrés avant cette semaine. Elle doit avoir du mal à s'y habituer, sachant qu'elle est ta meilleure amie et que tu es avec elle la plupart du temps le reste de l'année.

Cet aspect des choses inquiétait Amy depuis le début, et à entendre Lottie l'exprimer, elle en eut le cœur d'autant plus serré.

– Vous devez avoir raison, dit-elle avec tristesse. Elle ne connaît presque personne à Foxwood.

– Et tu as tellement de bons amis, ici, lui rappela Lottie doucement.

Amy sentit des larmes lui piquer les yeux. Ses peurs se matérialisaient, et jusque-là, elle ne s'était pas autorisée à y penser. La gorge nouée par cette prise de conscience, elle lança un regard suppliant à Lottie.

– Et si ça changeait tout ? fit-elle d'une voix rauque. Si tout ne rentrait pas dans l'ordre à notre retour à Londres ? Peut-être qu'on ne sera plus jamais aussi proches ! Et tout aura été ma faute...

Lottie se tut un long moment. Amy en retint presque son souffle. Enfin, la vieille dame secoua la tête et poussa un soupir.

– Tu n'es sûrement pas responsable, Amy. Tu ne dois pas penser ça, dit-elle d'un air mélancolique. Mais parfois, tu sais, les choses évoluent. Les gens changent, ils deviennent différents.

Amy déglutit. Lottie ne la regardait pas en face. « Bon, c'est bien joli, mais je ne venais pas pour m'entendre dire que j'avais raison. Je voulais des conseils ! Parfois, les conseils sont durs à entendre, d'accord... mais ce n'est pas que ça. Lottie a l'air toute triste, elle aussi. »

Enfin, Lottie lui adressa un grand sourire, comme si elle avait deviné ses pensées.

– Essaie de ne pas t'en faire, Amy. Ça va sûrement s'arranger avec Zoé. Je te fais simplement remarquer que parfois, les choses changent. Ça fait partie de la vie.

Amy soutint le regard bienveillant de Lottie, un brin mal à l'aise. Sa vieille amie se retenait d'ajouter quelque chose.

Mais en cet instant, elle n'avait pas vraiment le courage de lui demander ce qu'elle pensait.

7

– Amy ! Réveille-toi !

La porte de la chambre de Tanya s'ouvrit à grand bruit. Réveillée en sursaut, Amy dut se frotter les yeux et cligner des paupières à plusieurs reprises avant de comprendre qu'il s'agissait de Zoé, qui s'était jetée sur son matelas, toute guillerette.

– Houlà, doucement.

Désorientée, Amy se redressa non sans mal. Ce n'était pas la Zoé distante et renfermée qu'elle avait décrite à Lottie. Au contraire, elle débordait d'enthousiasme. Dans le lit d'à côté, Tanya poussa un grognement et rabattit la couette sur ses oreilles.

– Qu'est-ce qu'il y a ? marmonna Amy. Il se passe quelque chose ?

– Des iris mauves, annonça Zoé en sautant avec tant d'énergie au bout du matelas gonflable qu'Amy faillit en être éjectée. Des iris mauves, voilà la solution. Allez, lève-toi ! On a du boulot !

– J'ai rien compris.

Amy secoua la tête. Elle n'était pas encore complètement réveillée.

– Des iris mauves, s'enthousiasma encore une fois Zoé. Ce sont les fleurs préférées de Jasmine. J'ai vu ça dans une interview sur le Net. Et tout ce qu'elle a dans cette maison de location, ce sont des lis blancs !

– Et tu veux en venir à... ?

Amy se passa les doigts dans les cheveux et regarda sa demi-sœur. Tanya était toujours cachée sous la couette, ce qui n'allait pas l'aider.

– Je veux dire, on croirait que c'est le jasmin, sa fleur préférée, poursuivit Zoé, lancée à fond, mais non, c'est les iris. Et puis, elles portent toujours du violet dans le groupe. C'est la couleur préférée de Jasmine. Ça se voit à ses vêtements, non ?

– C'est sûr, elle porte beaucoup de violet.

Amy se leva tant bien que mal, s'étira et battit des paupières.

– Alors, tout ce qu'il nous reste à faire, c'est lui acheter un grand bouquet d'iris mauves, annonça Zoé. Si on retourne chez elle avec, on va forcément pouvoir rentrer. Et cette fois, elle voudra bien nous rencontrer ! Parce qu'on lui apportera ses fleurs préférées ! Elle jettera sans doute ces lis tout moches, elle les remplacera par notre bouquet et ensuite, je pourrai chanter devant elle !

– Euh... Tu ne mettrais pas la charrue avant les bœufs ? osa Amy.

Mais les yeux de Zoé brillaient littéralement d'excitation.

– Ho, les filles, maugréa Tanya en sortant la tête de sous la couette. Vous en faites, un boucan. Qu'est-ce qui se passe ?

Amy se mordit la lèvre. Tanya ne connaissait pas le comportement de Jasmine de la veille, et elle ne voulait pas gêner Zoé en racontant les détails qu'elle avait envie d'oublier.

– Zoé voudrait offrir des fleurs à Jasmine, expliqua-t-elle. Je ne sais pas si c'est une très bonne idée...

– C'est une idée parfaite, tu veux dire ! s'écria Zoé en saisissant Amy par les poignets. Tu vas m'aider ? On va forcément trouver des iris mauves. Et tu as été super avec l'agent de sécu hier. Tu l'as fait changer d'avis avec une facilité... !

– Ce n'était pas si facile... commença Amy, qui s'interrompit en voyant le sourire ravi et les yeux brillants de Zoé.

Elle ne supporterait pas de doucher l'enthousiasme de son amie et de la décevoir encore une fois. L'insulte de Jasmine avait bien suffi. Et elle ne se rappelait que trop les paroles de Lottie : « Parfois, tu sais, les choses évoluent. Les gens changent, ils deviennent différents. »

Elle ne voulait pas que Zoé passe à autre chose, elle en était certaine. Elle ne voulait pas s'éloigner d'elle ! Et même si Jasmine était prête à lui faire mal, Amy ne l'était pas. Après une profonde inspiration, elle sourit à Zoé.

– Bien sûr, je vais t'aider si je peux. Après tout, ça vaut le coup d'essayer !

– Allez, Zoé, on respire ! dit Amy avec un sourire complice en désignant la foule.

Les paparazzis étaient toujours amassés devant le portail de la résidence de Jasmine. Ils avaient été rejoints par plusieurs villageois et un bon nombre de touristes. Encore une fois, Amy dut prendre sur elle-même pour se frayer un chemin dans la foule compacte. Elle dut regarder en arrière pour s'assurer que Zoé suivait toujours, puis enfin, elle sentit le dernier reporter étonné se pousser pour l'éviter. Elle profita de l'occasion pour se glisser tout à l'avant. Zoé la suivit, son bouquet d'iris cueillis dans le jardin de Pat et John à la main. « Au moins, cette partie-là n'était pas compliquée », songea Amy.

— Bonjour ! lança-t-elle en adressant un signe au vigile. On est revenues !

Il était occupé à parler dans son casque mais, surpris, se tourna pour les regarder.

— Ah. Bonjour.

Amy lui adressa son plus grand et plus adorable sourire.

— Nous avons apporté un petit cadeau à Jasmine.

Zoé montra ses fleurs, attachées par un ruban lilas.

— Hé ! protesta un photographe chauve, qu'Amy reconnut : c'était son appareil photo qu'elle avait failli renverser la veille. Comment ça se fait qu'elles aient droit à un traitement de faveur ?

L'agent de sécurité s'approcha du portail, avec un regard sévère pour les filles, puis pour le photographe.

— Personne ne bénéficie d'un traitement de faveur, dit-il fermement. Mlle Jones ne reçoit pas de visiteurs. Aucun, insista-t-il avec un regard glacé à l'intention d'Amy.

Amy se demanda s'il avait été réprimandé pour les avoir laissées entrer la veille et sentit une pointe de culpabilité, mais Zoé la poussa plus près des grilles.

– Allez, s'il vous plaît, supplia-t-elle. On voudrait seulement lui donner des fleurs.

– Ce sont ses préférées, ajouta Amy. On a vérifié.

– Je regrette, c'est impossible, répondit leur interlocuteur en croisant les bras. Je peux les lui apporter de votre part, si vous voulez.

– Mais on les a cueillies nous-mêmes ! protesta Zoé. Elles ne sortent pas d'une station-service, elles viennent vraiment du cœur !

– Nous n'avons pas pu rencontrer Jasmine hier. Est-ce qu'on pourrait réessayer ? demanda Amy sans quitter le vigile du regard. On a été tellement déçues...

– Tellement déçues ! répéta Zoé, avec une fêlure dans la voix qui n'était pas feinte.

Derrière elles, les journalistes grommelaient et, en les regardant, Amy repensa à son argument de la veille. Agrippant les grilles, elle dit :

– Vous savez qu'ils vont prendre des photos, s'il y a deux fans de Jasmine Jones en train de pleurer parce qu'elles se sont fait refuser une rencontre ? Quelle image pour elle ! Et Zoé sera vraiment effondrée si ça n'arrive pas. C'est la fan numéro un de Jasmine !

L'agent de sécurité regarda Zoé sans se décider, puis se tourna vers Amy. Il décroisa les bras avant de les recroiser sur son torse musclé.

— Je ne pense toujours pas...

Amy sentit son hésitation.

— Je suis sûre que Jasmine serait contente de recevoir des fleurs. Ce serait préférable à une mauvaise image auprès de la presse.

Elle sentit le regard assassin du photographe chauve, mais l'évita.

— S'il vous plaît ?

Le vigile poussa un grand soupir exaspéré. Toujours renfrogné, il déverrouilla le portail, qu'il ouvrit juste assez pour les laisser passer.

— C'est bon, maugréa-t-il. Mais ne soyez pas embêtantes. Pas plus que vous ne l'êtes déjà, je veux dire.

Amy lui lança un grand sourire tandis qu'il refermait les grilles sur les reporters frustrés. Malgré sa mine renfrognée, elle était certaine qu'il lui avait adressé un clin d'œil.

— Merci, merci beaucoup ! Vous ne le regretterez pas !

— Si, sans doute, fit-il d'un air sceptique en les emmenant dans l'allée. Entrez. Mlle Jones va bientôt revenir. Vous ne touchez à rien, compris ?

— On sera sages ! cria Zoé en gloussant d'excitation. Merci !

Amy lança un nouveau regard anxieux à son amie pendant qu'elles entraient dans le vestibule immaculé. Était-ce la chose à faire ?

« Et si elle subit encore une déception cette fois-ci ? Elle sera encore plus malheureuse qu'hier... »

La cuisine étincelante se trouvait exactement dans le même état que la veille. Le réfrigérateur était toujours éteint, et on n'apercevait pas le moindre témoignage d'une quelconque activité culinaire, présente ou passée. Les spots au-dessus du comptoir étaient allumés, se reflétant sur le marbre poli immaculé. Qui sait, peut-être Jasmine Jones ne mangeait-elle jamais, se dit Amy. Elle jeta un œil sur la porte que la star avait claquée l'autre jour. Elle était maintenant grande ouverte, mais la pièce ne comprenait qu'un bureau sans photo ni décorations, et des chaises en bois.

« D'accord, ce n'est qu'une location, mais c'est comme si Jasmine n'avait pas de vie en dehors de Purple Craze. D'ailleurs, on ne voit rien non plus en rapport avec le groupe... »

Les pensées d'Amy furent brutalement interrompues par un grand fracas au-dehors.

Les lumières clignotèrent, puis s'éteignirent. Zoé poussa une exclamation étouffée et laissa tomber son bouquet d'iris.

– Qu'est-ce que c'était ? s'écria Amy, interloquée.

– On aurait dit le bruit d'une voiture qui rentre dans quelque chose, répondit Zoé en ouvrant de grands yeux.

Elles rebroussèrent chemin en courant, leurs pas résonnant dans le vide de la maison. L'agent de sécurité n'était nulle part, et elles ne trouvèrent aucun des autres, aussi se hâtèrent-elles de redescendre les marches du perron et de repartir dans l'allée.

– J'espère que ce n'est rien de grave, souffla Zoé.

Quand elles s'approchèrent des grilles de fer forgé, elles virent clairement ce qui était arrivé : les photographes et journalistes s'étaient enfin détournés, le regard braqué vers l'arrière. Un immense bus violet à deux étages, marqué du nom de Purple Craze en gracieuses lettres argentées, était arrêté au milieu de la chaussée. Une grande longueur de câble était entortillée sur son toit. L'un des poteaux électriques de la route avait été renversé et reposait maintenant sur le bus.

– Oh, non ! s'exclama Amy. Le bus a fait tomber une ligne électrique !

– Voilà pourquoi les lumières se sont éteintes.

Zoé regarda la scène de chaos et des villageois accoururent pour se renseigner sur les événements.

Une petite silhouette habillée de couleurs vives descendit du bus, un tout petit chien dans les bras, et contempla, perplexe, le désastre du câble électrique. Aujourd'hui, Jasmine et Coco portaient un gilet mauve et des bottes améthyste à paillettes ; celles du chihuahua, minuscules, étaient parfaitement assorties à celles de Jasmine. L'équipe de sécurité, dirigée par M. Lomax, dont les lunettes noires reflétaient le soleil, les entoura aussitôt et entreprit de chasser les photographes.

– Allez, dégagez le passage ! Place à Mlle Jones. Ce n'est qu'un petit accrochage, rien de plus. Personne n'est blessé, il n'y a rien à voir.

Les exclamations de la foule se muèrent en chuchotements excités, et quand Amy et Zoé se faufilèrent plus près, elles entendirent nettement Jasmine Jones qui parlait, d'une voix forte mais inquiète.

– Que s'est-il passé ? Oh, n'importe quoi ! Mais quel gâchis...

Coco le chien geignit en guise d'approbation et lécha le visage de sa maîtresse.

– Ne vous en faites pas, Jasmine, lança une jeune fille dans la foule. On s'en fiche !

– Des coupures de courant, on en a tout le temps, de toute façon, approuva une femme entre deux âges d'un ton rassurant, presque maternel. Ne vous en faites pas, mon petit. Tout le monde a des générateurs au village, et si jamais ils ne marchent pas, il y a toujours les bougies.

– Oh, génial, murmura Amy à Zoé. Et notre fête ?

Habitants comme touristes semblaient plus excités qu'ennuyés par l'accident du bus de Purple Craze, et les journalistes, ravis de cette occasion inattendue, prenaient à tour de bras des clichés du bus, de la chanteuse et de son chihuahua. Zoé était toujours fixée sur son idole, des étoiles dans les yeux. « Inutile d'en faire une histoire », pensa Amy. Elle ne pouvait que rager intérieurement et attendre que Zoé soit prête à partir... ce qui n'était pas pour tout de suite.

« On n'a pas de générateur à l'hôtel pour produire de l'électricité, se dit-elle. Nous n'aurons ni lumière, ni plats chauds, ni haut-parleurs. La super-sono de Lucas ne servira à rien ! »

Voyant tous ses projets s'effondrer, Amy ne put s'empêcher de souhaiter que Jasmine Jones n'ait jamais mis les pieds à Foxwood.

La chanteuse embrassa Coco sur le nez.

– Bon, inutile d'entrer dans la maison, maintenant.

Impérieuse, elle écarta d'un geste les membres de la sécurité et entreprit de se diriger à grands pas vers le village, Coco sous le bras, les talons de ses bottes claquant sur le bitume. M. Lomax s'empressa de faire signe aux gardes du corps de l'encadrer, et la presse suivit comme une meute de chiens fidèles, entre photos et questions :

– Que pensez-vous de la vie dans un village, Jasmine ?

– Coco s'est-il remis de ses maux d'estomac ?

– Quel sera le premier *single* de votre carrière solo ?

Zoé se lança également à la suite de la chanteuse.

– Elle ne retourne pas dans la maison, fit-elle avec un regard désolé en arrière. Où pourrions-nous la rattraper pour lui donner les fleurs ?

– Oh, on n'a qu'à rentrer aussi, fit Amy, qui avait assez entendu parler de Jasmine Jones pour toute une vie. Ou alors, on va au Summertime.

– Hors de question d'abandonner maintenant, décréta Zoé d'un ton plein d'emphase. Elle va au village. Allez, Amy, il ne faut pas se laisser distancer !

Retenant un gémissement, Amy se mit à courir pour suivre son amie enthousiaste. Elle contourna un couple de vacanciers qui s'activaient tous deux sur leurs smartphones.

– Tu entends ça ? dit la femme à son mari. Elle donne une conférence de presse ! Je mets la photo sur Twitter et on continue !

– Alors dépêche-toi, répliqua l'autre en la prenant par la main. Il ne faudrait pas louper une autre occasion. Si tu arrives à prendre un selfie avec elle, les filles vont mourir de jalousie !

Amy rattrapa Zoé et la prit par le bras.

– Tu as entendu, un peu ? Jasmine donne une conférence de presse. C'est ce que disent les gens, là.

– Ça alors ! s'émerveilla Zoé, accélérant encore le pas. On sera les premières à entendre les nouvelles fraîches ! Je pourrai poster une photo sur Instagram. Allez, Amz, viens !

L'étrange procession déboucha dans le parc du village, où elle s'étoffa d'encore plus de curieux, mais Jasmine Jones ne ralentit même pas. Elle paraissait apprécier l'attention qu'elle suscitait et claquait des talons sur le trottoir. Les voitures durent freiner devant la nuée de paparazzis qui inondait la route. Dans les bras de Jasmine, Coco, tout ébahi, regardait le spectacle de ses grands yeux bruns en tirant la langue.

« Mais où va-t-elle ? se demanda Amy, toujours à côté de Zoé. Où une star de pop choisit-elle de donner une conférence dans Foxwood ? »

Une réponse à cette question commença à s'imposer dans sa tête quand Jasmine bifurqua vers une route familière. « Nooon, pensa Amy, qui s'arrêta quelques secondes. Ce n'est pas possible. On va vers l'hôtel Summertime... »

Pourquoi Jasmine Jones voudrait-elle s'adresser aux journalistes dans ce vieil hôtel ? Qu'est-ce qui avait bien pu lui donner cette idée ? Tout en suivant Zoé, Amy sentit le malaise monter, au point que son estomac se transforma en une boule d'anxiété.

« Je ne sais pas pourquoi, mais je la sens très mal, cette histoire... »

Jasmine s'arrêta d'un coup au portail de l'hôtel et se tourna vers l'assemblée. Elle arbora son sourire professionnel, affichant sa célèbre fossette, et tritura son médaillon en attendant. Amy fronça les sourcils. Derrière le portail, des enfants sortaient de l'hôtel, faisant crisser le gravier sous leurs pieds, échangeant des murmures et des coups d'œil intrigués. Les plus jeunes se mirent à courir et s'arrêtèrent juste de l'autre côté du portail. Les plus âgés les rattrapèrent bientôt. Amy distingua Mark et Tom, Callum et Eva. Tanya aussi était là et contemplait d'un air perplexe Jasmine Jones et sa suite.

Avec ses tourelles aux fenêtres étincelantes et les vieux arbres imposants qui l'entouraient, l'hôtel constituait un beau décor pour une conférence de presse ce matin-là, c'était incontestable. Mais Amy ne pouvait s'empêcher de penser que ce n'était pas tout. Elle saisit la main de Zoé et se faufila dans la foule pour arriver devant. Elle commençait à être douée avec la pratique, se rendit-elle compte en évitant un reporter un peu massif.

M. Lomax s'avança, les mains tendues, pour faire taire la foule qui attendait. On ne voyait toujours pas ses yeux derrière ses lunettes noires, mais il arborait un sourire pincé.

– Très bien, très bien. Mlle Jones a une annonce à vous faire à tous. Une bonne nouvelle pour le village. Le silence pour Mlle Jones, s'il vous plaît. Roddy, recule. Arthur, toi aussi. (Enfin, il parvint à faire placer les photographes de façon plus ordonnée.) Bon, ça va. Silence, s'il vous plaît. Jasmine Jones va maintenant vous parler.

Jasmine lui adressa un sourire aimable en s'avançant, mais Amy remarqua qu'elle ne croisait pas tout à fait son regard. La star serra Coco plus fort contre elle et décocha aux nombreux curieux qui attendaient un sourire éblouissant et franchement plus sincère.

– Bonjour, tout le monde !

– Bonjour, Jasmine ! cria quelqu'un.

– Jasmine ! Jasmine !

Un dictaphone fut brandi au-dessus de l'épaule d'Amy, tenu par une main boudinée.

– Jasmine, où en est l'allergie de Coco ? Comment va-t-elle ?

Il fallut à M. Lomax un long regard meurtrier pour réduire tout le monde au silence, puis il refit un signe de tête à Jasmine.

– Je voulais déjà vous dire que j'adore Foxwood ! commença Jasmine en dégageant une mèche de cheveux derrière son oreille, le sourire toujours éblouissant. Je me sens vraiment chez moi ici, alors je veux tous vous remercier de votre accueil très chaleureux !

Encore des rugissements et des cris, qui durent être calmés par M. Lomax.

– Nous nous plaisons beaucoup ici, poursuivit Jasmine en chatouillant le menton du chihuahua. C'est un très bel endroit, très paisible.

« Mouais, pensa Amy, maussade, ça l'était avant ton arrivée. »

Et Jasmine comptait-elle s'excuser pour la coupure de courant ? Elle acceptait les acclamations, mais n'avait pas l'air d'en reparler. D'ailleurs, on n'avait toujours pas vu signe des cupcakes gratuits.

Jasmine s'était remise à toucher son médaillon avec nervosité, et elle battit de ses longs cils avant de relever les yeux en avalant sa salive. Amy se tendit. « Elle va annoncer quelque chose, je le sens... »

– Voilà pourquoi je veux que vous soyez les premiers à en avoir la confirmation officielle, poursuivit la star. Comme vous le savez, Purple Craze est désormais à la recherche d'une nouvelle chanteuse, parce que je vais faire une pause avec le groupe. En fait, ça risque bien d'être permanent.

On entendit une exclamation collective dans la foule, puis des déclencheurs d'appareils photo accompagnés de flashs. À côté d'Amy, Zoé cria. Des voix s'élevèrent pour poser des questions et manifester leur surprise.

– Jasmine ! Jasmine ! Pourquoi ? Qu'est-ce qu'il y a derrière tout ça ?

– Qu'en pensent les autres chanteuses du groupe ?

– Avez-vous parlé à Carla ? Est-elle au courant ?

– Dites-nous-en plus, Jasmine !

– Oh, non, Jasmine, non !

Une petite fille qui sautillait sur place derrière les journalistes paraissait prête à fondre en larmes. Amy lança un regard inquiet vers Zoé, qui était toute pâle et avait les lèvres tremblantes.

– Jasmine ! cria un journaliste particulièrement grand, qui beugla sa question au-dessus des autres. Vous êtes clairement en crise dans votre vie professionnelle. Allez-vous maintenir le concert prévu pour samedi ?

La foule se calma vite, comme si elle retenait son souffle dans l'attente de la réponse. Jasmine hocha la tête et sourit à nouveau.

– Oui, je chante toujours samedi. Ce sera le premier concert de ma carrière solo, ajouta-t-elle, en élevant la voix pour couvrir les cris. Mais je n'ai pas ménagé mes efforts avec Purple Craze, et après cette semaine, je vais m'octroyer une petite pause.

– Où irez-vous, Jasmine ? cria une femme dans un micro. Vous retournez aux Caraïbes ? En Thaïlande ?

Jasmine serra encore Coco, ce qui fit protester le petit chien.

– Non, je vais rester retirée dans ma superbe nouvelle demeure. Dans un endroit que j'adore ! Ce sera juste ici, annonça Jasmine avec un grand geste de sa main libre, indiquant le portail derrière elle : l'hôtel Summertime !

8

Amy manqua de s'étouffer d'indignation. « Je ne viens pas d'entendre ça. Si ? C'est impossible... »

Son cœur tambourina dans sa poitrine, comme s'il se rattrapait après s'être interrompu pendant quelques battements. « Non ! »

Ses oreilles ne l'avaient pas trompée, mais elle ne parvenait pas à y croire. Elle regarda l'expression radieuse de Jasmine Jones, les questions de la presse réduites à un magma inintelligible en bruit de fond dans sa tête.

« On venait juste de sauver l'hôtel... On l'a sauvé pour nous, pour tous les enfants du village. Et maintenant, on va le perdre. À cause de Jasmine Jones ! »

Amy croisa le regard de Zoé. Son amie tremblait, et Amy se rendit compte, étonnée, qu'elle était dans le même état – même si leurs chocs respectifs étaient dus à des raisons très différentes.

– Allez, viens, marmonna-t-elle en prenant son amie par la main.

Amy contourna les reporters toujours amassés autour de Jasmine et entraîna Zoé vers le portail de l'hôtel, qu'elle ouvrit d'un grand coup. Elle le referma derrière elles avec fermeté. Aussitôt, elles furent entourées par Callum, Eva et les autres, incrédules et sonnés. Ils avaient dû s'aviser du rassemblement devant l'hôtel et descendre voir ce qui se passait.

– Amy, qu'est-ce qui nous arrive ? commença Eva.

– Qu'est-ce qu'elle raconte, sa « nouvelle demeure » ? fit Tanya, des larmes dans les yeux.

Amy était trop furieuse et déboussolée pour répondre. Dégageant la main de Callum sur son épaule, elle repoussa ses amis pour s'engager dans l'autre allée.

– Amy, où vas-tu ? la pressa Callum. Attends !

– Je vais voir Lottie. Il y a une erreur, il faut que je lui parle.

Ses amis hésitèrent et restèrent en arrière pendant qu'elle accélérait. À toute vitesse, elle contourna l'hôtel, puis la piscine inutilisée. Une fois au salon de thé, elle monta au pas de charge les marches de bois, pour trouver sur la porte un panonceau coloré qu'elle reçut comme un terrible présage :

Fermeture temporaire. Rouvrons bientôt !

Le cœur retourné, elle se dirigea vers l'arrière et trouva Edward dans le petit jardin. Accroupi, il était concentré sur un petit appareil un peu rouillé. Amy redescendit les marches et longea l'abri de piscine pour aller le retrouver.

– Edward ! Le salon de thé est fermé ?

– Ah, Amy ! dit-il en souriant. Désolé, je ne t'avais pas entendue. En fait, le poteau qui a été abattu alimentait tout le village en électricité, et ce maudit générateur refuse de fonctionner ! Je vais réparer ça en un rien de temps, et on va rouvrir, ne t'en fais pas. (Il se redressa et s'étira.) Tu voulais quelque chose ?

Amy s'aperçut qu'elle était hors d'haleine tellement elle paniquait.

– Est-ce que... Lottie est par là ?

– Bien sûr, fit-il en rajustant son chapeau avant de regarder Amy d'un air étonné. Elle est dans l'appartement, derrière. Tu me parais un peu inquiète. Tout va bien ?

– Euh... oui... je dois parler à Lottie.

Elle toqua de grands coups à la porte et la vieille dame lui ouvrit très vite.

– Entre donc ! J'étais juste...

Amy avait déjà franchi le seuil avant que Lottie finisse de parler. La vieille dame s'interrompit, se détourna de son fourneau et haussa les sourcils avec surprise.

– Je suis contente de te voir ! Désolée que le salon de thé soit fermé, mais nous avons beaucoup à faire...

Lottie hésita, intriguée par l'expression d'Amy. Elle posa ses gants de cuisine l'un sur l'autre sur la table, puis s'assit, très sérieuse.

– Qu'y a-t-il, mon enfant ? Quelque chose ne va pas ?

Amy s'humecta les lèvres et déglutit. Elle ne parvenait pas à maîtriser le tremblement de sa voix.

– Lottie... Est-ce que c'est vrai ? Il y a une rumeur selon... laquelle... (Soudain les mots sortirent d'un coup.) Jasmine Jones aurait acheté l'hôtel !

À sa grande horreur, Lottie ne rit pas. Elle n'agita pas une main en disant à Amy de ne pas dire n'importe quoi, qu'une telle chose ne pourrait jamais arriver. Elle continua à la regarder en silence.

– Oh non, fit Amy, le souffle coupé. Alors c'est vrai ?

Lottie hocha lentement la tête.

– Je suis vraiment désolée, Amy. Je ne pensais pas que toi et tes amis le découvririez de cette façon. Je voulais vous le dire en personne, mais la signature ne s'est faite que ce matin. Je n'ai pas eu le temps, dit-elle en se frottant les yeux. Je ne pensais pas du tout que vous le sauriez aussi vite. Oh non, je suis confuse.

Les jambes en coton, Amy dut tirer une chaise et s'asseoir à son tour. Elle garda le regard fixé sur Lottie, encore noyée dans un tourbillon d'incrédulité.

– Mais Lottie, pourquoi ?

Lottie se pencha pour prendre la main d'Amy.

– Oh, Amy. Je sais que tu grandis. Comme je l'ai dit, les choses changent ! Rien ne reste figé pour toujours.

– Mais on parlait de Zoé, fit Amy qui se sentait complètement vide. Je ne pensais pas que vous évoquiez l'hôtel ce matin quand vous l'avez dit !

– Je réfléchissais à la question depuis que je t'ai entendue parler à tes amis, répondit Lottie, la mine triste. Ne t'en fais pas, ça ne m'a pas vexée. Ne va pas t'imaginer que tu m'aies blessée ou quoi que ce soit.

– Que... qu'avez-vous entendu ? (Amy fouilla désespérément dans sa mémoire.) Qu'est-ce que j'ai dit ?

– Je savais que le jour viendrait tôt ou tard, alors sincèrement, je n'en fais pas une histoire.

Mais tu ne te souviens pas, Amy ? Toi et tes amis de Londres, vous parliez d'aller à Denton. Je crois que c'était le jour de leur arrivée. Tu as été très gentille au sujet de l'hôtel, mais tu as dit que parfois ça ne bougeait pas beaucoup, que c'était un peu toujours pareil. Quelque chose dans ce goût-là.

– Oh non, gémit Amy.

Maintenant, ce souvenir lui revenait. Gareth, Sophie et Zoé étaient tellement décidés à visiter Denton, à aller au cinéma et au bowling, qu'elle n'avait pas voulu se lancer dans une discussion avec eux dès le premier jour. Elle ne voulait pas que ses amis londoniens s'ennuient, et honnêtement, elle se sentait bien trop inquiète de ne pas avoir l'air assez cool.

– Oh, non, marmonna-t-elle encore une fois.

– Je m'y attendais, tu sais, ajouta Lottie très gentiment en lui tapotant la main. Vous avez tous passé de chouettes moments ici, mais toutes les bonnes choses ont une fin. Vous vieillissez, vous avez envie de faire de nouvelles choses. Je ne peux que vous comprendre ! fit-elle avec un rire joyeux.

« Je ne le pensais pas ! eut envie de dire Amy. Je suivais seulement mes amis. Ils n'étaient pas du tout habitués à la campagne, rien de plus ! »

Mais les mots restèrent coincés dans sa gorge, et Lottie reprenait déjà ses lunettes ainsi qu'une pile de brochures de papier glacé sur la table.

– Pour t'avouer un petit secret, Amy, j'avais déjà l'intention de vendre l'hôtel. Ça me travaille depuis un moment, mais je me sentais très coupable, donc en toute franchise, c'est plutôt un soulagement de t'avoir entendue.

– Mais vous adorez l'hôtel Summertime ! Vous adorez Foxwood ! Où allez-vous vivre, maintenant ?

– Mais bien sûr, j'adore le village ! Cela fait très longtemps que je suis ici, Amy, tu le sais bien. Et l'hôtel Summertime a été ma maison d'enfance, dit Lottie d'un air nostalgique. Mais je ne suis restée que parce que j'étais une incorrigible romantique : je n'avais jamais abandonné l'espoir qu'Edward revienne me chercher ici un jour. Et toi et tes amis, vous avez réalisé ce rêve ! Vous avez sauvé l'hôtel de cet horrible Richards, et comme si ça n'avait pas suffi, vous avez pris la peine de rechercher Edward. Vous avez résolu le terrible malentendu qui nous avait séparés pendant toutes ces années, découvert les lettres qui n'ont jamais été reçues. Vous avez tout arrangé. (Lottie sourit et lui pressa la main.) Vous m'avez apporté tellement de bonheur, Amy, que je ne veux pas que toi ou tes amis vous sentiez mal un seul instant à cause de ça.

— Alors vous quittez définitivement le village ?

Amy avait l'impression que plus aucune goutte de sang ne circulait dans ses veines. Elle était sûrement d'une pâleur de cire, mais Lottie parcourait ses brochures avec attention et n'avait rien remarqué.

— Bien sûr, ma grande. Edward et moi pensons tous les deux que c'est le moment. Nous vous sommes très reconnaissants et nous le serons toujours, mais nous avons envie de changement. Regarde.

Lottie déplia l'une des brochures pour lui montrer une grande double page affichant une plage dorée, une mer bleue et des immeubles blancs qui étincelaient à l'horizon.

— Edward a une nièce qui habite en Australie. Près de cet endroit, sur la côte est. Elle a deux enfants adorables et il aimerait bien les voir plus souvent. Nous allons donc acheter une petite propriété là-bas. Nous avons déjà repéré une très jolie maison ancienne ! Nous allons émigrer.

Les yeux de la vieille dame brillaient d'anticipation.

— Oh, Lottie ! s'exclama Amy, qui se mit debout d'un coup, toute maladroite, et enlaça son amie. Alors vous partez vraiment. Vous allez tellement me manquer !

— Amy, c'est l'une des choses les plus gentilles que l'on m'ait jamais dites, s'émut Lottie, la voix étouffée, avant d'étreindre Amy et de lui tapoter les épaules. On ne perdra pas le contact, bien sûr que non ! Ce n'est pas comme du temps de ma jeunesse. Tu parles à ta mère à Paris tous les jours, non ? Nous pouvons faire pareil. Nous aurons les mails et Skype et nous pourrons parler autant que tu voudras.

— Bien sûr.

Amy renifla, s'écarta et se frotta le nez. Elle avait peine à croire que tout se déroulait aussi vite. Non seulement elle allait perdre l'hôtel Summertime, mais aussi cette amie si chère à son cœur.

— Et je pense que ça fera du bien à l'hôtel en lui-même, dit Lottie, les yeux humides. Mlle Jones a l'air d'adorer cet endroit. Je suis sûre qu'elle le transformera en quelque chose de très beau.

— Sûrement.

— Son charmant manager – M. Lomax – me dit que Jasmine a beaucoup de projets et il m'assure qu'elle l'aimera autant que moi, autant que toi et tes amis, depuis l'année dernière !

Amy avait l'impression qu'on venait de lui larguer une grosse pierre dans l'estomac. Au souvenir de la maison ascétique de Jasmine à Foxwood, avec son réfrigérateur vide, son sol impeccable et ses murs sans images, elle ne pouvait qu'imaginer avec horreur le traitement que la star pourrait infliger à l'hôtel. Débarrasser la véranda de tous ses carreaux aux motifs de feuilles de vigne, peut-être, et peindre la majestueuse entrée d'un blanc uniforme et ennuyeux ? Peut-être, songea Amy avec consternation, que Jasmine comptait tout raser pour reconstruire un bâtiment moderne et ostentatoire à la place. « Elle demandera à M. Richards de s'en charger, et finalement, il aura gagné ! Il détruira l'hôtel Summertime... »

Amy avait bien envie de pleurer, mais ne pouvait pas éclater en sanglots devant Lottie, alors que sa vieille amie était si enthousiaste pour l'avenir. Il paraissait clair qu'elle avait été complètement dupée par ce détestable M. Lomax.

Amy se composa un sourire rayonnant et embrassa encore Lottie.

– Ça va s'arranger à la perfection, pour nous tous et pour l'hôtel Summertime aussi.

– Je l'espère, approuva Lottie. Je pense que c'est ce que ça va donner. Oh, je suis vraiment contente d'avoir pu te parler, Amy, et t'expliquer les choses ! Tu vas pouvoir le dire aux autres. Je suis sûre que tu trouveras le bon moyen de le leur annoncer.

Soudain, la jeune fille fut prise de l'envie irrésistible de partir. Ce n'était pas habituel pour elle lorsqu'elle se trouvait chez Lottie et Edward, mais elle avait vraiment peur de se mettre à pleurer à tout moment. Tout en prenant congé de Lottie, puis d'Edward, sans oublier de les féliciter joyeusement pour leurs projets, Amy avait l'impression que des nuages noirs étaient venus s'accumuler pour obscurcir tout l'été.

« Lottie a raison, je dois en parler aux autres. Je n'ose pas imaginer ce qu'ils vont en dire, et c'est en partie ma faute...

La vie à Foxwood, Amy le savait, ne serait plus jamais la même.

— Ça y est, la batterie de mon ordinateur a rendu l'âme, annonça Sophie le lendemain matin. Et je ne peux pas charger mon téléphone.

— Pareil pour moi, dit Gareth. Il nous faudrait un endroit pour pouvoir alimenter nos chargeurs, et puis un cybercafé. Ce serait le moment de retourner à Denton. Pat, vous auriez les horaires de bus ? demanda-t-il avec un regard plein d'espoir pour la grand-mère de Tanya.

Ils étaient tous assis à la table de la cuisine et venaient de faire honneur à l'un des copieux petits déjeuners de Pat et John. Même Thomas s'en était mis plein la panse, qu'il tapait avec satisfaction. L'électricité n'était pas revenue dans le village, mais

Pat et John avaient produit comme par magie une montagne de bacon cuisiné sur un petit camping-gaz, et ils s'étaient empiffrés du pain croustillant de la boulangerie de Foxwood.

Pat prit l'assiette que Gareth apportait à l'évier.

– Inutile de prendre le bus, lui dit-elle avec un clin d'œil. John et moi devons aller au supermarché à Denton, alors nous vous emmènerons dans la voiture.

– Oh, merci ! s'écria Sophie.

– Par contre, nous ne pourrons pas tous vous emmener. Il n'y a que cinq places dans la voiture, ajouta John.

– Ce n'est pas grave, intervint aussitôt Amy. Vous n'avez qu'à aller à Denton tous les trois. Moi, je compte me rendre à l'hôtel de toute façon.

Cela avait été horrible de leur confirmer la nouvelle la veille au soir. Amy doutait que ses amis aient bien dormi.

– Il y a beaucoup de choses dont nous devons parler, expliqua-t-elle.

– C'est sûr, lui dit John avec un regard empli de sympathie tout en étendant un torchon. Bonne chance, Amy.

Ses trois amis londoniens lui réitérèrent les souhaits de John et après des au revoir, Amy attrapa son sac. Ils ne comprenaient pas vraiment, se dit-elle avec tristesse. « Mais ce n'est pas leur faute. Ils ne peuvent pas comprendre, ils ne se rendent pas compte de la place que tient l'hôtel Summertime pour nous tous. »

L'hôtel était particulièrement beau ce matin, songea-t-elle en avançant dans l'allée, le cœur lourd. C'était une belle journée et les grandes portes de l'entrée étaient ouvertes et accueillantes. Le soleil faisait briller la maçonnerie et les fleurs dans leurs jardinières rivalisaient de couleurs. « Les petits ne vont pas en planter l'année prochaine », pensa Amy avec tristesse.

Callum, Eva et Tanya l'attendaient dans la véranda, leur expression lugubre reflétant ce qu'elle ressentait. Callum lui adressa un petit signe penaud et elle s'assit à côté de lui. Elle absorba la vue autour d'elle, les hautes fenêtres, l'espace lumineux et les carreaux aux motifs de feuilles de vigne et de treille.

« Je ferais mieux de prendre une photo de ces carreaux, pensa-t-elle. Ce sera sans doute la première chose à partir. »

— Bon, dans notre situation, ce n'est pas le Troc en stock qui va nous aider, commença Callum. Personne ne va vouloir nous acheter un hôtel en échange de désherbage dans son jardin.

Il essayait de sourire, et Amy lui fut reconnaissante, même pour une blague pas très bonne et lancée sans joie. Au moins, il tentait de leur remonter le moral.

– On ne peut pas abandonner, pourtant. Il n'y a rien qu'on puisse imaginer ?

– Ça m'étonnerait. C'est sans espoir, non ? lança Tanya, qui se posa la tête sur les mains. Nous avons perdu notre hôtel, et cette fois-ci, c'est pour de bon.

– On dirait bien, acquiesça Eva, qui passa un bras autour des épaules de Tanya. À moins que quelqu'un ne connaisse un gentil millionnaire qui aime bien les ados ?

– Le seul millionnaire qu'on connaisse à Foxwood, on ne peut pas dire qu'il soit gentil, dit Callum avec dépit. (Il regarda l'entrée de la véranda.) Et quand on parle du loup... Je reconnais cette voix.

Tous sursautèrent, et Callum mena la marche vers l'entrée. Espérant malgré tout que son ami se trompait, Amy sentit son estomac se tordre en se dirigeant vers la réception de l'hôtel.

« Exactement ce que je craignais. Mon pire cauchemar pour l'hôtel Summertime. »

Bien campé sur le superbe plancher en dessous du lustre, M. Richards montrait des plans et lançait des remarques à pleine voix sur la solidité de la structure et sur les normes électriques actuelles. À côté de lui, M. Lomax l'écoutait et approuvait. Amy reconnut sa queue-de-cheval, mais au moins, elle vit quand il se retourna qu'il avait retiré ses ridicules lunettes noires.

– Qu'est-ce que vous faites là ? demanda-t-elle sans pouvoir se refréner. L'hôtel appartient encore à Lottie.

– Certes, pour l'instant.

M. Lomax lui accorda un regard condescendant. Il avait des yeux d'un gris acier très froid, totalement dépourvus de rides. Soit il n'avait jamais souri de sa vie, soit il prêtait une attention inquiétante à son apparence.

– Mais il y a beaucoup de travaux à réaliser, alors nous établissons une étude préliminaire des besoins.

– Il n'y a aucun problème dans l'hôtel Summertime ! s'écria Tanya.

– Au contraire, des problèmes, il y en a à la pelle, la corrigea-t-il. Nous avons le projet de remettre cette vieille baraque au goût du jour. Déjà, il va falloir tout vider et refaire l'installation électrique, mais ce n'est qu'un début. Nous avons beaucoup à voir, donc les enfants, si vous voulez bien... allez jouer ailleurs.

Amy se crispa, mais ce fut Callum qui répondit d'un ton cinglant :

– Tant que l'hôtel appartient à Lottie, on a tout à fait le droit d'être ici !

– Et heureusement, ces habitudes ridicules vont cesser.

Avec une moue satisfaite, M. Richards roula les plans sur eux-mêmes. Amy trouvait qu'il ressemblait à un chat de dessin animé qui avait enfin attrapé la souris et se plaisait à la torturer.

– Nous ne dérangerons pas vos chauves-souris chéries, poursuivit-il avec ironie. Nous pourrons quand même faire les travaux, donc vous ne pourrez pas utiliser cette excuse pour freiner les progrès accomplis dans le village.

– Ça m'aurait étonnée que vous n'interveniez pas dans cette affaire, maugréa Amy, les dents serrées.

C'était comme si, l'année précédente, ils avaient remporté une bataille pour mieux perdre la guerre. La dernière fois, M. Richards avait cherché à raser l'hôtel pour le remplacer par un hypermarché. Cette fois-ci, pensa-t-elle amèrement, il n'avait plus qu'à transformer le Summertime en un bâtiment qui ressemblerait à s'y méprendre à un supermarché. De tous les jolis logements qui existaient à Foxwood, Jasmine avait réussi à choisir une maison froide et sans caractère.

– Il est grand temps que ce bâtiment réalise son potentiel, lança le promoteur. On perd un espace intéressant en vous laissant faire vos petites affaires ici, et je suis content que la vieille soit enfin revenue à la raison. Vous pouvez rester par là pour le moment, mais ne vous mettez pas dans nos pattes. Nous avons beaucoup de choses à voir.

Amy prit le bras de Callum avant qu'il ne puisse se lancer en avant pour hurler à la face de M. Richards.

– Allez viens, Callum. Partons d'ici. Nous l'avons arrêté une fois, nous pouvons recommencer.

M. Richards ne répondit pas, se contentant d'un sourire triomphant. « Il voit que je bluffe », pensa Amy désolée en se détournant pour partir en tapant des pieds avec Callum, Tanya et Eva. « Malheureusement, je ne pense pas qu'on puisse l'arrêter. Pas cette fois. »

– Il faut qu'on appelle tout le monde, dit-elle en refermant la porte de la véranda. (Elle regarda Callum, puis Eva, puis Tanya.) Nous devons tenir une réunion d'urgence pour discuter de cette affaire.

– Tu as bien raison, admit Eva en sortant son téléphone. Même si M. Richards conserve les murs et le toit, il va détruire cet endroit, l'affreux bonhomme.

– C'est clair, dit Callum. Même si c'est la chose la plus difficile au monde, nous devons essayer.

– Oui, approuva Amy. Cet hôtel nous a tant donné. C'est le moment de le lui rendre.

Tanya s'essuya les yeux et commença à tapoter sur son clavier de téléphone.

– Tu as raison, Amy. Nous n'abandonnerons pas. On le doit à l'hôtel Summertime.

– Tout le monde est là ?

Callum regarda tous les enfants qui attendaient patiemment dans la bibliothèque. Tous paraissaient en colère, nerveux, et même pour certains déjà très chagrinés.

– Je crois, hésita Eva en comptant les têtes. Olivia et Chloé arrivent juste.

Elle leur adressa un signe quand elles entrèrent. On pouvait lire sur leurs visages une gravité inhabituelle.

– Tes amis de Londres ne sont pas là, Amy. Ce n'est pas grave ?

– Ils sont à Denton pour la journée. Je leur raconterai tout plus tard. On n'a qu'à commencer. Alors, tout le monde !

Elle tapa dans les mains, essaya de sourire de manière assurée.

Ils firent le silence et certains s'assirent par terre tandis que d'autres s'appuyaient sur les rayonnages.

Certains montraient de l'espoir, d'autres paraissaient tout à fait lugubres. Amy déglutit. Elle adorait la bibliothèque, avec ses nombreux meubles et les rangées d'ouvrages au dos de cuir qui garnissaient les étagères d'acajou le long des murs. Les jeunes de Foxwood avaient songé à tant de choses ici, discuté de tant de projets avec tant d'espoir... C'était, selon Amy, l'une des pièces de l'hôtel les plus accueillantes et les plus propices à la réflexion. Ses yeux tombèrent sur le faux encrier placé sur le grand bureau, qui ouvrait une porte secrète. « La bibliothèque a même un passage secret. C'est presque magique. »

Amy ne pouvait qu'espérer que la pièce les imprègne à nouveau de sa magie. Elle n'avait réussi à avoir qu'une idée, et même celle-là lui paraissait exagérée.

— Bon, s'il y a quelqu'un parmi vous qui arrive à trouver une idée pour empêcher cette catastrophe d'arriver à l'hôtel, n'importe laquelle, nous sommes ouverts aux suggestions.

Elle s'interrompit, dans l'espoir que quelqu'un se lève et annonce un plan inspiré, génial, qui réussirait à coup sûr et auquel elle n'aurait pas pensé.

Mais bien évidemment, ce ne fut pas le cas.

Elle poussa un soupir.

– Je ne vois qu'une chose qui pourrait peut-être sauver notre lieu de vie, dit-elle. (Percevant que sa voix était bien peu ferme, elle s'éclaircit la gorge.) M. Lomax – le manager de Jasmine, celui qui porte des lunettes noires et un catogan – est déjà venu avec le père de Lucas pour prévoir la réfection totale du bâtiment. Inutile d'espérer convaincre l'un ou l'autre. (Elle lança un regard peu assuré à Lucas, ne désirant pas insulter son père, mais elle devait parler en toute honnêteté.) Ils ont des projets bien définis, et ils ne vont pas en changer simplement parce qu'on le leur demande. Il est certain qu'on ne pourra pas utiliser encore l'hôtel comme lieu pour nous y retrouver ; tout l'intérieur va être détruit. Alors nous n'avons qu'une chance, et la voilà. (Elle prit une inspiration.) Nous devons à tout prix persuader Jasmine Jones de ne pas acheter l'hôtel Summertime.

Pendant un moment, un silence stupéfait suivit ses paroles. Les plus petits regardaient les adolescents avec espoir. Tom et Oscar s'adressèrent des signes. Olivia et Chloé commencèrent à hocher la tête, lentement, comme si elles estimaient que cette idée pourrait fonctionner.

Une voix masculine se fit entendre du fond de la pièce.

– Et même si on y arrive, que se passera-t-il ? Si on empêche Jasmine Jones de l'acheter, alors ce sera quelqu'un d'autre. Lottie veut le vendre : il n'y a pas à chercher plus loin. Alors quel intérêt ?

Amy se tourna vers la voix, s'attendant presque à voir Lucas, mais quelle ne fut pas sa surprise de voir Mark debout, le visage dur. Elle en fut décontenancée. Mark était habituellement d'un tempérament tranquille, toujours sympa avec tout le monde, mais là il avait l'air vraiment énervé. Elle hésita.

– Je ne sais pas, reconnut-elle au milieu des exclamations de désarroi. Mais si quelqu'un d'autre l'achète, peut-être qu'il ne le défigurera pas comme elle compte le faire. Ce sera peut-être quelqu'un qui nous laisserait continuer à venir. Ou alors, j'en sais rien, peut-être que si la vente est repoussée assez longtemps, Lottie pourrait même changer d'avis !

– C'est ridicule, dit Mark. Tu te raccroches à une solution illusoire. Si Lottie a envie de vendre, on ne peut pas l'arrêter.

– Mais on peut peut-être lui faire passer l'envie de vendre, protesta Amy désespérée. Sincèrement, je ne vois pas ce qu'on peut faire d'autre.

– On dirait bien que Mark n'a pas envie de décevoir Jasmine Jones, lança Lucas d'une voix traînante. Il est peut-être plus grand fan qu'il ne veut bien l'admettre.

– Et toi tu peux la fermer ! cingla Mark.

Il attrapa sa guitare dans son étui, se détourna et sortit de la bibliothèque en claquant la porte derrière lui.

Lucas paraissait amusé – ce qui lui ressemblait bien, songea Amy avec irritation – mais les autres, sous le choc, étaient silencieux. Elle-même ne savait pas quoi dire. « Et voilà, on peut remercier Jasmine Jones, pensa-t-elle, la gorge serrée par la colère. Non seulement elle nous pique notre lieu de réunion, mais en plus elle nous brouille entre amis. Pas étonnant que Mark soit dans tous ses états. Son groupe ne retrouvera jamais un aussi bon endroit pour répéter. » Amy eut envie de pleurer, mais ne s'y autorisa pas. « Mieux vaut se mettre en colère que se montrer faible ! »

– Écoutez, tous, gardons notre calme. Il ne faut pas qu'on s'en veuille les uns aux autres. On ne doit pas laisser l'arrivée d'une star semer la zizanie à Foxwood. Pourquoi Jasmine tient-elle à vivre ici tout à coup ? C'est un caprice !

Ce n'est qu'une diva pourrie gâtée, et nous ne voulons pas d'elle ici !

La bibliothèque s'emplit d'acclamations, de sifflements et d'applaudissements. Pendant un instant, Amy se sentit satisfaite de sa saine colère. Puis elle releva les yeux et eut le malheur d'apercevoir Zoé au fond de la pièce.

Elle avait dû arriver dans les dernières minutes, mais visiblement, elle avait été là à temps pour entendre le verdict brutal d'Amy au sujet de Jasmine Jones. Amy en pâlit d'horreur.

Zoé la regardait, incrédule, ouvrant de grands yeux, mais après une seconde, elle secoua la tête, tourna les talons et sortit de la bibliothèque comme une furie.

Amy se faufila entre les autres, ignorant leurs cris d'approbation et leurs sourires d'encouragement. « Oh, non. Qu'est-ce que j'ai fait ? »

Elle se rua hors de la bibliothèque, poursuivit son amie dans le couloir et arriva à temps pour la voir s'élancer dans l'escalier.

– Zoé, attends !

Son amie avait dû l'entendre, mais elle n'accorda même pas un regard à Amy, qui dut descendre les marches deux à deux pour la rattraper. Même là, Zoé refusa de se tourner vers elle. Amy réalisa avec désarroi qu'elle pleurait.

– Zoé ! Oh, je suis désolée, je ne voulais pas dire...

– Si, tu le pensais !

Zoé s'arrêta brusquement au bas des marches et se tourna pour faire face à Amy, les yeux rougis.

– Comment as-tu pu parler comme ça de Jasmine ? Comment ?

– Je ne sais pas, j'étais excédée, je...

– Tu fais semblant depuis le début, c'est ça ? Tu n'as jamais vraiment aimé Jasmine, ni Purple Craze. Tu disais juste que tu les aimais parce que moi j'étais fan. Tu m'as menti !

Amy avait une grosse boule dans la gorge qui l'empêchait presque de respirer.

– Non, Zoé dit-elle d'une voix rauque. Je t'assure que c'est faux.

– Et tu me prends pour une débile, à essayer d'être chanteuse comme Jasmine. Allez, avoue ! Depuis tout ce temps, tu te moquais de moi dans mon dos et tu faisais semblant d'aimer Purple Craze toi aussi. Juste pour te faire bien voir. Ou pire, pour te fiche de moi ! Tu es une sale hypocrite !

– Mais pas du tout ! protesta Amy. Je t'ai dit, Zoé, j'étais énervée. je voulais... trouver quelque chose de fort à dire, et j'ai eu tort. Et puis, Jasmine nous a quand même dit d'aller nous faire voir, tu te souviens ? Je fais du mieux que je peux, mais c'est horrible qu'elle essaie de nous prendre l'hôtel Summertime, tu ne comprends pas ?

– Elle n'essaie pas de vous le *prendre*. C'est ton amie Lottie qui veut le vendre ! Et tu n'es pas fâchée contre elle.

Amy eut bien envie de fondre en larmes à son tour.

– Lottie est notre amie. Elle nous laisse utiliser cet endroit fabuleux. Et maintenant, Jasmine fiche tout en l'air ! Tu ne comprends pas que pour nous, c'est énorme ? En quoi ça veut dire que je suis hypocrite, ou que je ne te soutiens pas dans ton projet ? Je trouve que tu chantes divinement bien, Zoé ! Tu le sais !

Elle voulut étreindre son ami, mais Zoé recula et se dégagea.

– Laisse-moi tranquille !

Avant qu'Amy puisse reprendre son souffle pour la rappeler, Zoé était sortie par la porte d'entrée de l'hôtel et avait atteint l'allée.

Amy resta dans le hall, sans bouger, hébétée et sans voix. Impossible d'imaginer qu'elles puissent fêter leur anniversaire en commun désormais.

« Mais quelle idiote ! Pourquoi je suis allée insulter Jasmine ? »

Comment les choses avaient-elles pu prendre un tour aussi malheureux cet été ? Déjà qu'ils risquaient de perdre l'hôtel Summertime... Amy ne pensait pas pouvoir supporter de perdre Zoé en plus.

9

Amy avait le cœur gros en refermant la porte d'Apple Cottage le lendemain matin. Elle partit avec Gareth, Sophie et Tanya. Zoé n'était pas encore levée et n'était pas apparue au petit déjeuner, et Amy savait exactement pourquoi.

Sa meilleure amie lui en voulait à mort, et en vérité, elle non plus ne supportait pas l'idée d'une deuxième dispute. D'une certaine façon, c'était un soulagement de ne pas l'avoir vue ce matin. Elle n'avait absolument aucune idée de comment arranger les choses entre elles, et s'aperçut qu'elle n'avait même pas envie d'y penser. En tout cas pas avant plusieurs heures, et pas de bon matin.

Elle allait se concentrer sur le problème de l'hôtel Summertime pour l'instant. Il était suffisamment gros à lui tout seul.

Le ciel était plombé, terne et lourd de pluie à venir, ce qui s'accordait plutôt bien avec son humeur. Amy poussa un soupir quand ils s'engagèrent dans la rue menant au parc du village. Sous leurs pieds, le goudron était humide, et l'air beaucoup plus frais que pendant tout le reste de la semaine. Il avait dû beaucoup pleuvoir pendant la nuit.

– C'est super sympa de votre part de venir avec nous, dit-elle à Gareth et Sophie. Surtout par une matinée pareille.

– C'est la moindre des choses, répondit Sophie en passant le bras autour des épaules d'Amy. On voit bien que cet hôtel est très important pour toi et Tanya.

– Ouais, approuva Gareth. Si on peut, on vous aidera. Cet endroit est super et ce serait trop dommage de le perdre.

– Ben, je ne sais pas trop ce qu'on va pouvoir faire, soupira Amy avec lassitude, mais on va voir si Callum et Eva ont pensé à quelque chose dans la nuit. Ils m'ont envoyé un message pour me dire qu'ils se rendaient à l'hôtel. Ils y sont peut-être déjà.

– Eh non, lança Tanya en souriant. Ils sont juste là !

Elle agita la main et ils coururent dans le parc pour les retrouver.

– Salut, vous deux !

Amy essaya de sourire à ses amis. Elle devait faire de son mieux pour maintenir le moral de tout le monde au plus haut, se dit-elle, même si le sien était au ras des pâquerettes...

– Salut, Amy, dit Eva en l'embrassant avant de passer aux autres. Allons à l'hôtel. Nous n'allons pas baisser les bras, tu sais !

– Ah ça non, approuva Callum. Nous avons beaucoup de choses à discuter. On n'est pas tous aussi pessimistes que Mark !

Il n'était que huit heures du matin. Le parc de Foxwood était calme, mais quelques voitures circulaient déjà, et plusieurs villageois se promenaient. Le propriétaire de l'épicerie déroulait son store rayé à l'aide d'un long piquet et ouvrait les piles de quotidiens. Les jeunes s'arrêtèrent pour jeter un œil aux gros titres, et l'homme se redressa pour leur sourire.

– Bonjour, les enfants. Vous êtes levés tôt !

Amy parvint à lui sourire en retour.

– Cette journée ne va pas manquer d'occupation. Dommage, pour le temps.

– Rassurez-vous, ça doit s'améliorer demain.

Il plaça quelques tabloïds sur le présentoir.

– Bah, nous sommes habitués à la grisaille, plaisanta Sophie. Nous venons de Londres.

— Eh, regardez ! s'exclama Gareth en prenant l'un des journaux. Notre star de *girl band* préférée !

Pendant qu'il cherchait de l'argent dans sa poche, Amy s'accroupit pour regarder les autres titres.

— Jasmine fait la une partout ! Enfin, plutôt Purple Craze.

Gareth déplia le journal qu'il venait d'acheter et les autres regardèrent par-dessus son épaule.

PURPLE CRAZE : LA FOLIE VIOLETTE
DANS UNE COLÈRE NOIRE

disait le gros titre, accompagné d'un sous-titre en gras :

Jasmine voit rouge : ses copines ont-elles
le blues ?
Jasmine Jones annonce que cette folie est finie !

— Elle ne s'entend plus avec Carla, annonça Eva, qui parcourait le texte à toute vitesse.

— Et elle quitte le groupe parce qu'elle est complètement bouleversée ! fit Tanya d'un air sceptique. Tu parles, plutôt d'une humeur de chien. Après ce que nous a raconté Amy, j'ai du mal à l'imaginer bouleversée par quelque chose.

— Apparemment, il y a eu une « grosse altercation », ajouta Gareth en passant aux pages intérieures. À grands cris dans un hôtel des beaux quartiers, rien que ça !

– Et maintenant, elles ne se parlent plus, conclut Callum en baissant le doigt au bas de la colonne. Ils ne donnent pas les vrais motifs de leur dispute, par contre. « Différend artistique ? » Ben voyons !

Tanya plissa le nez et Gareth eut un rire moqueur.

– Peut-être que la presse ne sait pas du tout pourquoi, fit remarquer Amy sèchement. Jasmine n'a pas besoin d'excuse pour faire un scandale. Ce doit être un cauchemar de travailler avec elle.

– Peut-être que même Carla ne sait pas ce qu'elle a fait de mal, hasarda Tanya.

– Regardez les photos, dit Callum. Il y en a trois d'elle à Foxwood hier ! Et là, le bus et le poteau électrique à terre. Ils appellent ça un « présage ».

Coupure d'électricité et rupture de Purple Craze !

Ils dévoraient encore l'article devant la vitrine quand la sonnette du magasin tinta. La porte s'ouvrit pour laisser sortir M. Richards, son journal sous le bras et son téléphone à l'oreille. Tout en parlant d'une voix forte, il prit un instant pour leur adresser une moue malveillante.

– Oui bien sûr, quand vous serez rentré de Londres, criait-il à pleins poumons. Parfait ! Le trajet prend à peu près deux heures, selon la circulation. Appelez-moi à votre arrivée, mais on peut dire treize heures ? Impeccable. Vous serez content de savoir que j'ai déjà fait dessiner des plans préparatoires. On pourra en discuter tout à l'heure.

Passant à grands pas à côté du groupe qui le fusillait du regard, il eut encore une moue satisfaite, remit son téléphone en poche et déverrouilla sa voiture de loin. La belle Mercedes garée sur le trottoir alluma ses phares un bref instant et il se glissa derrière le volant, l'expression sournoise. « Sournois, c'est le seul mot qui lui convient », pensa Amy. Il s'éloigna à fond de train.

– Vous avez entendu ? lança-t-elle aux autres avec colère. Il devait parler à M. Lomax.

– Oui, sans doute, répondit Callum.

Il y avait dans sa voix un ton espiègle qu'Amy reconnaissait trop bien et elle haussa un sourcil. Il avait piqué sa curiosité.

– Qu'est-ce que tu as en tête ? demanda-t-elle en lui donnant un coup de coude.

– Oh, pas grand-chose, fit-il évasivement. Je me disais juste que la route de Londres passe à côté de Turnpike Farm.

– Callum, s'exclama Eva, tu n'es quand même pas en train de penser ce que je pense que tu penses ?

– Ce que je pense, répliqua leur ami avec un grand sourire, c'est que ce serait vraiment dommage si M. Lomax ne pouvait pas être à l'heure à ce rendez-vous...

– Tes parents vont péter un câble, Callum, dit Tanya en secouant la tête. Pourtant elle sourit en ouvrant grand la barrière du champ.

Cela n'allait pas contribuer à sauver l'hôtel Summertime, et c'était sans doute un geste de défi bien puéril mais qui, au moins, leur procurerait un peu de satisfaction.

– C'est une manifestation légitime, dit Amy à sa demi-sœur avec un sourire alors qu'elle franchissait les quelques mètres qui menaient à la route principale. Le début de la rébellion de l'hôtel Summertime !

– Et comme on a un peu de chance, c'est la foire de Denton aujourd'hui, ajouta Callum. Mes parents ne seront pas de retour avant ce soir et d'ici là, les vaches seront bien à l'abri dans leur pré. Et elles, elles ne vendront pas la mèche.

– Est-ce que Gareth et Sophie ont préparé les panneaux ?

Amy se protégea les yeux pour regarder la route de Londres. Au loin, là où la route tournait à droite, elle aperçut Gareth qui levait les pouces à son intention. Quand elle se retourna, Sophie courait déjà les retrouver, après avoir installé un triangle de signalisation sur l'autre virage de la chaussée.

– Ma foi, on est au point, annonça Callum, qui partit dans le pré.

Lentement, ils se dirigèrent vers les vaches, qui levèrent la tête et l'observèrent d'un air endormi. Quelques-unes se mirent à marcher d'un pas tranquille vers le portail ouvert. D'autres, plus énergiques, se lancèrent au trot.

– Allez, Tanya.

Amy ramassa l'un des grands sacs pendant que sa demi-sœur prenait l'autre. Elles les traînèrent jusqu'à la route puis, vérifiant qu'il n'y avait pas de voitures, renversèrent leur contenu en plein milieu de la chaussée. Elles le dispersèrent dans tous les sens. Les vaches les suivirent, meuglèrent et s'ébrouèrent en repérant le foin, puis elles accélérèrent le pas.

En moins d'une minute, la route entre Foxwood et Londres était bloquée par une trentaine de vaches qui mâchaient leur fourrage avec enthousiasme. Amy agita le sac pour en faire tomber les derniers brins, et Callum, appuyé contre la barrière, s'étira, puis croisa les bras et hocha la tête en signe de joyeuse approbation.

– M. Lomax va subir un petit contretemps, déclara-t-il d'un ton solennel.

Déjà, il voyait des voitures s'arrêter au carrefour dans les deux sens. Certains, sans doute des gens du coin, se montraient fatalistes et éteignaient leur moteur. D'autres faisaient un demi-tour en trois temps le plus rapidement possible et partaient contourner le village.

Il y avait désormais une dizaine de voitures arrêtées dans chaque sens. Amy regarda sa montre.

– Si M. Richards disait vrai au sujet de la circulation, M. Lomax devrait arriver à tout moment.

– Tu penses que ça va servir à quelque chose ? demanda Tanya, sceptique. Je me sens un peu coupable de bloquer tous les autres.

– C'est une urgence, se justifia Amy, malgré la pointe de culpabilité qu'elle ressentait elle-même.

Callum guida doucement un petit groupe d'animaux vers le bas-côté pour laisser circuler quelques voitures, mais les vaches étaient un vrai obstacle. Seuls les gens du coin qui étaient habitués au bétail risquaient leur carrosserie, et certains adressaient à Callum un coup de klaxon plein d'allant une fois qu'ils étaient enfin passés.

Amy poussa un soupir et haussa les épaules.

– Ça n'aidera sans doute pas beaucoup, Tanya, mais au moins, on agit. On n'arrivera peut-être pas à sauver l'hôtel, mais on peut peut-être décourager Jasmine Jones de vivre ici.

– Espérons-le, répondit sa demi-sœur. Ça m'étonnerait que M. Lomax apprécie d'être retardé, ajouta-t-elle avec un sourire. Il n'a pas du tout l'air arrangeant comme gars.

– D'ailleurs, en parlant de lui...

Callum se redressa et pointa le doigt en direction d'une voiture noire étincelante aux vitres teintées qui avait slalomé impérieusement parmi les autres véhicules en attente pour finalement s'arrêter du mauvais côté de la route, s'attirant la curiosité de quelques vaches qui s'avancèrent vers elle.

L'une des portières s'ouvrit et une silhouette à la forte carrure sortit. Les poings sur les hanches, M. Lomax se mit à crier des paroles inintelligibles.

– C'est bien lui, dit Gareth en souriant. Venez, allons présenter nos excuses.

– Je ne me suis jamais autant amusée à la campagne, s'écria Sophie en riant pendant qu'ils se dirigeaient tous vers le manager furieux.

« Je suis contente qu'ils s'amusent, pensa Amy un peu dépitée, mais je préférerais qu'on n'ait pas à faire ça ! »

Malgré les meuglements des vaches et quelques coups de klaxon, ils furent bientôt à portée de voix de M. Lomax. Celui-ci avait le visage cramoisi, et semblait avoir trop chaud dans son costume noir bien coupé.

– Dégagez-moi ces bêtes de la route !

– Nous faisons de notre mieux, mentit Callum d'un air très conciliant, ce qui obligea Amy à étouffer un rire. Mais nous devons procéder avec beaucoup de précautions. Vous savez, au cas où elles s'emballeraient.

– Où elles... s'emballeraient ?

M. Lomax retira ses lunettes de soleil et le dévisagea d'un air soupçonneux.

– Oui, elles s'affolent assez facilement. Nous ne voudrions pas qu'il y ait des voitures endommagées.

M. Lomax recula aussitôt, l'air effaré, et remit en place ses lunettes. Il lança un regard nerveux vers sa Mercedes impeccable.

– Et comment je peux aller à mon rendez-vous, alors ?

– Oh, aucun problème ! dit Tanya d'un ton enjoué, avant de lui désigner un échalier permettant d'accéder à un champ vide. Il n'y a pas d'animaux dans ce champ, donc vous ne risquez rien. Vous voyez le sentier qui longe le bois ? Il mène à Foxwood.

M. Lomax se dirigea avec précaution vers la barrière et regarda dans le champ. Amy se couvrit la bouche de la main pour ne pas rire tout haut. Elle connaissait ce sentier, qui était envahi d'herbes par endroits et qui serait boueux après la pluie de la nuit.

M. Lomax désigna ses chaussures de ville bien cirées.

– Avec ces chaussures ? aboya-t-il, le visage plus rouge que jamais. Dans cette tenue ?

– Je suis vraiment désolé, soupira Callum. Je suis bien conscient que c'est un dérangement pour vous. Que voulez-vous, c'est ça, la campagne.

M. Lomax regarda une vieille berline rouillée qui s'avançait, centimètre par centimètre, entre les vaches. L'une d'elle remua soudain du postérieur et heurta la portière du conducteur. Celui-ci sortit le bras par la vitre ouverte pour dégager gentiment l'animal, et la voiture poursuivit lentement dans la boue. Eva dirigea quelques vaches vers le bas-côté et le bras reparut pour adresser un signe amical, puis la voiture couverte de boue s'éloigna et disparut dans le virage menant à Foxwood.

– Bon, M. Ainsworth a réussi à passer, lança Callum avec gaieté.

M. Lomax avait l'air prêt à exploser.

– Je dois passer un coup de fil, fit-il d'un ton cassant.

– Pas de souci, répondit Amy. Pouvez-vous simplement garer votre voiture sur le côté, pour laisser passer les autres ? S'il vous plaît ? ajouta-t-elle avec un sourire radieux.

Avec un grognement de colère, M. Lomax se remit au volant puis démarra la voiture qu'il gara avec précaution au bord de la route, la laissant contre la barrière. Avec un amusement teinté de dépit, Amy vit qu'il empruntait le côté passager pour parvenir à sortir.

Il se redressa et épousseta son costume s'efforçant de retrouver sa dignité tout en appuyant sur l'écran de son téléphone d'un geste rageur. Tanya peinait à ne pas montrer son hilarité, mais soudain, Amy poussa une exclamation étouffée.

La portière arrière de la belle voiture s'ouvrait à son tour. Quelqu'un en sortit, dont la présence avait été dissimulée par les vitres teintées.

La petite silhouette se planta devant le troupeau de vaches et rabattit sa queue-de-cheval sur son épaule. Elle était vêtue d'une veste argentée, d'un jean violet et de bottes pointues à talons hauts, également violettes. Amy distinguait même le médaillon qui ne quittait jamais son cou.

« C'est elle, pensa-t-elle, soudain furieuse. Notre fléau à tous. Jasmine Jones ! »

10

Amy rougit de colère. Ce qui était un tour espiègle joué à M. Lomax n'avait soudain plus rien d'amusant. Elle sentait sa rage monter à la vue de Jasmine, la source de tous leurs problèmes actuels. Elle regarda les autres et constata qu'ils avaient l'air tout aussi surpris et énervés qu'elle. Callum lançait des regards noirs à la star et Tanya pinçait les lèvres, tout amusement oublié. Même Gareth et Sophie affichaient une mine maussade par solidarité.

Jasmine s'avança à petits pas dans ses bottes fragiles, ouvrant de grands yeux sur les vaches.

– Oh, les pauvrettes ! Ça va aller pour elle ?

– Les... bafouilla Callum, complètement pris au dépourvu. Oui, ça va. Elles se sont simplement échappées. Elles ne sont pas blessées.

– Ouf, je suis bien rassurée ! Mais y a-t-il quelque chose que je puisse faire ? Je peux vous aider ?

Amy la dévisagea, bouche bée.

« Qu'est-il arrivé à la diva ? Je pensais qu'en quelques secondes, elle serait déjà en train de se plaindre de la boue. »

– Non, rien... Ne vous en faites pas, bredouilla Callum. On a la situation en main et elles vont bientôt dégager la route.

– Bon, tant mieux. Tant qu'elles ne sont pas en danger. (Jasmine lança à chacun d'entre eux, tour à tour, un sourire éblouissant qui fit ressortir sa fossette.) Quel soulagement ! Foxwood a assez de problèmes en ce moment, pas vrai ? Je suis vraiment confuse au sujet des lignes électriques. Je n'ai pas encore eu l'occasion de m'excuser auprès des villageois mais je le ferai ! J'ai vraiment honte !

– Ah, ben c'est... balbutia Amy, qui avait l'impression d'être un ballon en train de se dégonfler. C'est très gentil à vous.

– Je vous assure que je ne lâche pas la compagnie d'électricité pour qu'ils viennent tout réparer. Je leur ai assuré que c'était ma faute, donc ma responsabilité, et ils m'ont promis de le faire aujourd'hui, expliqua Jasmine en repoussant à nouveau sa queue-de-cheval. Je suis vraiment désolée.

– Ne... euh... (Elle aussi abasourdie, Tanya lança un regard incrédule à Amy.) Ne vous en faites pas pour ça, Jasmine.

– Foxwood a connu pire, enchaîna aussitôt Callum, qui paraissait subjugué par la star et rajusta ses lunettes de vue avec nervosité. Ça n'est pas la première fois que le courant est coupé.

– Bon, c'est bien joli tout ça, mais... (M. Lomax remit son téléphone dans sa pochette intérieure en les couvant d'un regard peu amène.) Je ne peux pas arriver en retard à ce rendez-vous, Jasmine. Soit je dois l'annuler – et ça, c'est hors de question –, soit ces enfants déplacent leurs bestiaux. Sinon, nous devons prendre ce ridicule sentier, fit-il en désignant les chalets.

Jasmine plissa le nez en se dirigeant vers la barrière. Elle croisa les bras et regarda le sentier, puis tourna les talons pour regarder son manager et haussa les épaules.

– Bah, ça n'a pas l'air si terrible. Juste un peu de boue.

– Dis-moi que tu plaisantes.

– Si j'y arrive avec ces bottes, lui dit-elle, tu peux t'en sortir aussi. C'est toi qui as le rendez-vous important, Steve. Allons-y.

Sur ce, elle gravit l'échalier sur ses talons violets, chancelant légèrement.

M. Lomax la suivit du regard, puis se tourna vers Amy. Pendant un long moment, il parut complètement désorienté, et la rougeur envahit son visage à nouveau. Mais Jasmine traversait déjà le champ. « Elle est plutôt efficace, pensa Amy, compte tenu de ses bottes. » La chanteuse ne jeta pas un regard en arrière, et M. Lomax finit par pousser un grognement vaincu avant de suivre sa patronne dans le champ.

Amy le regarda essayer de passer dans la boue sur la pointe des pieds pour préserver ses chaussures en peau de serpent. Il paraissait tout à fait ridicule, et pas du tout aussi confiant que la chanteuse. Amy fut rejointe par Tanya et Callum, aussi étonnés qu'elle. M. Lomax trébucha et l'un de ses pieds s'enfonça dans la boue jusqu'à la cheville. Trop ébahis pour rire, ils le regardèrent l'en extirper et trottiner pour rattraper sa star.

– Bon, souffla Callum. Qui l'eût cru ?

Amy se mordit les lèvres.

– Elle avait l'air presque... normale. Je n'aurais pas cru qu'elle serait si gentille.

– Incroyable, approuva Tanya. Elle n'a pas fait d'histoires du tout.

– Je me sens presque mal d'essayer de la faire partir, reconnut Amy.

– Ah, quand même pas, protesta Eva en frissonnant. Elle essaie toujours de s'emparer de l'hôtel Summertime. On avait quand même une excuse.

– Oui, soupira Callum. En tout cas, je crois qu'on a été clairs avec M. Lunettes-noires. Et maintenant, on ferait mieux de rentrer ces vaches, avant que quelqu'un ne téléphone à mes parents.

Il fut beaucoup plus difficile de persuader les vaches de retourner dans leur champ que ça ne l'avait été de les attirer au-dehors. Lorsqu'ils eurent enfin terminé, ils étaient tous transpirants et couverts de poussière. Ce fut un petit groupe exténué qui se dirigea vers l'hôtel Summertime. Pendant qu'ils remontaient l'allée puis gravissaient les marches, Amy ne pensait qu'à une chose : il aurait été agréable de filer à Apple Cottage pour prendre une douche rapide.

Cependant il leur fallait avant tout raconter leur mission aux autres. D'une certaine manière elle était réussie, d'une autre... Amy ne pouvait chasser ce sentiment de culpabilité. Allons, ils n'avaient rien fait d'autre qu'essayer de sauver leur lieu de vie !

Elle fut tirée de ses pensées par un jappement aigu et excité qui retentit à l'étage quand elle ouvrit la porte de l'hôtel. Elle s'arrêta en fronçant les sourcils. « On dirait un chien. Un petit chien. »

Immobile, elle aperçut un tout petit chihuahua descendre l'escalier en courant, la langue pendante, les oreilles dressées. Tout joyeux, il s'arrêta en dérapant et se retourna, poussa de nouveaux jappements, et ses griffes râpèrent le sol bien ciré. Elle voyait maintenant très bien son collier : un collier violet à paillettes... ?

– Pas possible ! s'exclama Amy tant sa surprise était grande.

– Je crois bien que si, dit Callum juste derrière elle.

Les autres s'étaient rassemblés autour d'eux pour regarder avec tout autant d'incrédulité le minuscule animal.

– C'est Coco, lança Tanya en ouvrant de grands yeux. Le chien de Jasmine ! Comment diable... ?

Leur question trouva sa réponse quand des pieds suivirent lourdement Coco dans l'escalier. Amy reconnut les baskets de marque coûteuses avant que le garçon entier ne soit visible, sourire aux lèvres, cheveux en bataille.

– Lucas ! s'exclama-t-elle tandis qu'il se lançait à la poursuite du petit chien. Mais qu'est-ce qui se passe ?

Coco aboyait, ravi, et évitait Lucas, mais Amy parvint à attraper le petit animal qui essayait de foncer entre ses jambes. Elle le souleva pour le regarder dans ses grands yeux sombres et il se mit à lui lécher le visage, tout enthousiaste, en battant joyeusement de la queue.

– Lucas ! cria Callum. C'est bien ce que je crois ?

Lucas s'avança vers eux, toujours souriant.

– Bah bien sûr. Alors, c'était pas bien pensé ?

– Ce n'est pas le terme que j'utiliserais, commença Callum avec colère.

Amy lui posa une main sur le bras pour l'arrêter.

– Mais comment tu as réussi à attraper Coco, Lucas ?

Le garçon avait l'air très content de lui.

– Mon père est allé à la maison où loge Jasmine, pour laisser des plans, ou je sais pas quoi. Alors j'ai demandé à l'accompagner en jouant un peu les fans, vous voyez ? Ce n'est pas comme s'il savait quels groupes me plaisent, fit-il avec un reniflement dédaigneux. Et puis il y avait ce pacha pourri gâté, dans son panier violet bien douillet.

Hébétée, Amy regarda Lucas.

– Alors tu l'as enlevé ?

– Mais pourquoi ? s'écria Eva, horrifiée.

Le sourire satisfait de Lucas s'effaça à mesure qu'il regardait les visages furieux qui lui faisaient face.

– Ben, c'est évident, non ? Pour demander à Jasmine d'abandonner son projet d'acheter l'hôtel.

Alors je l'ai pris et je suis sorti. Papa n'a rien remarqué du tout.

– J'y crois pas, fit Callum, qui ôta ses lunettes et appuya ses mains sur ses yeux.

– Mais quoi ? fit Lucas, qui fronça les sourcils sans comprendre. C'est ce que vous voulez tous, non ? Si on a le chien, on peut l'arrêter ! Elle aime ce petit machin bien plus qu'elle n'aime l'hôtel, c'est certain.

– Oh, misère, soupira Gareth pendant que Sophie secouait la tête, incrédule.

Amy mit un moment à recouvrer la parole.

– Tu veux faire du chantage à Jasmine Jones ?

– Je n'appellerais pas vraiment ça du chantage...

– Mais c'est exactement ce que c'est ! s'exclama Amy, exaspérée. Tu ne peux pas faire ça, Lucas !

Il s'assombrit et, pour la première fois, il sembla beaucoup moins sûr de lui.

– J'avais pas envisagé les choses comme ça.

– Visiblement, se désola Callum en levant les yeux au ciel.

– Bon, j'y ai pas réfléchi jusqu'au bout, reconnut Lucas, dont les épaules s'affaissèrent. Je voulais aider, c'est tout.

Amy soupira et se retint d'en dire plus. Il avait simplement cherché à aider, elle le voyait. Mais son sournois de père n'était guère un modèle à suivre en la matière.

– Il est vraiment adorable, dit Tanya en prenant le chihuahua qui couinait des bras d'Amy, et le laissant lui lécher le menton de sa minuscule langue rose.

– Ce n'est pas qu'il ait l'air malheureux, mais on doit le rendre, fit remarquer Eva. Quoi qu'on pense d'elle, Jasmine doit être hyper-inquiète.

– Et je commence à me demander si on ne l'a pas mal jugée, reconnut Amy. Elle était franchement gentille avec les vaches.

– Eh bien dans ce cas, suggéra Sophie, tu pourrais peut-être essayer de lui parler.

– Peut-être ! soupira Amy. On aurait sans doute dû essayer avant, mais c'est vraiment dur de l'approcher.

– Ramène Coco, dit Sophie en chatouillant le petit chien sous le menton. C'est une très bonne raison de demander à la voir.

– Je vais essayer, soupira Amy, qui reçut Coco des bras de Tanya. Si je lui parle de l'hôtel, que je lui explique ce qu'il représente pour nous, elle pourrait peut-être changer d'avis. On ne sait jamais.

– Oh non, fit l'agent de sécurité d'un air morne. Pas encore vous.

Ce n'était pas le début le plus prometteur, mais Amy lui adressa tout de même un grand sourire. « Si j'étais lui, j'en aurais sans doute marre de me voir, moi aussi. » Le photographe habituel était à côté d'elle et la regardait avec incrédulité. Amy serra Coco contre elle.

– Je pense que Jasmine voudra bien revoir ce petit chien. Je l'ai trouvé en train de se balader.

Le vigile n'en croyait pas ses yeux.

– C'est Coco ? Comment est-il sorti ?

– Je ne sais pas, mentit Amy, honteuse.

– Pourquoi je ne peux pas trouver un chihuahua égaré ? gronda le photographe à côté d'elle quand le vigile se mit à déverrouiller le portail. Peut-être que je pourrais obtenir une interview, dans ce cas ?

– Peut-être, rigola le vigile, mais ce n'est pas vous. Entrez, mademoiselle. Attention avec le chien.

Le paparazzi s'avança et essaya désespérément de coincer le pied dans le portail. Autour de lui, les appareils photo envoyaient des flashs et d'autres reporters posaient des questions.

– La dispute, c'est à propos du nouveau copain de Carla, pas vrai ? Est-ce la raison de la séparation du groupe ? Je pourrais juste avoir une déclaration ?

Une phrase de la bouche de Jasmine, c'est tout ce que je vous demande !

– Désolé.

Avec fermeté, le vigile referma le portail derrière Amy.

Elle regarda la horde de reporters et ressentit soudain de la compassion pour Jasmine Jones. « Ça ne me ferait pas plaisir si j'avais tous ces gens-là en train de poser des questions sur mon amitié avec Zoé, de demander ce qui s'est passé, de faire porter la faute sur celle qui les arrange... »

Le photographe costaud la regardait avec hargne.

– Pourquoi c'est toujours cette fille qui a de la chance ici ?

Le vigile haussa les épaules.

– Peut-être qu'elle demande gentiment, suggéra-t-il avec un sourire. Suivez-moi, jeune fille.

Amy obéit, serrant bien Coco contre sa poitrine. Elle espérait que le paparazzi soit dans le vrai et que la troisième fois serait la bonne.

Le vigile la mena à nouveau dans le spacieux vestibule au parquet de hêtre. Amy sentit son cœur battre encore plus fort que la dernière fois quand il s'approcha et toqua poliment à la porte entrouverte.

– Mademoiselle Jones, dit-il. Excusez-moi, mais il y a quelqu'un que vous serez intéressée de voir.

En entrant, Amy aperçut Jasmine penchée sur d'énormes plans compliqués étalés sur l'immense table de verre. M. Richards, qui se tenait à côté d'elle pour les lui montrer, hochait la tête en affichant un air compréhensif.

– Ne vous en faites pas, ma chère, disait-il. Nous pouvons reparler de tout ça quand vous serez moins distraite par vos préoccupations. Entre-temps, je m'adresserai à M. Lomax...

À ce moment, le promoteur releva les yeux, qu'il fixa sur Amy. Son visage s'immobilisa et son expression condescendante se mua en une haine furieuse et silencieuse. Amy pensa en riant sous cape qu'elle était habituée à la façon dont le sang affluait à son cou et faisait virer ses joues au pourpre.

La réaction de Jasmine, en revanche, fut très différente. Quand elle se retourna, ses yeux tombèrent sur le petit chien dans les bras d'Amy et elle poussa un cri de joie.

– Coco !

Elle laissa tomber les plans qu'elle lisait et se précipita vers Amy pour embrasser Coco, des larmes de joie dans les yeux. Le chihuahua était tout fou et lui léchait le nez tout en se pressant contre sa poitrine et en agitant la queue si vite qu'on la distinguait à peine.

– Coco, où étais-tu ? Oh, mon chéri !

Amy se sentit rougir.

– Il s'est un peu perdu, commença-t-elle de façon peu convaincante.

Cependant, Jasmine n'avait pas l'air très intéressée par ses explications. Ravie de retrouver Coco, elle le serra contre elle, embrassant ses oreilles et son nez.

– Merci, s'écria-t-elle en riant. Merci mille fois ! Je suis contente que tu l'aies retrouvé. Oh, Coco, petit chenapan !

– Je suis sûre qu'il n'avait pas l'intention de s'éloigner, dit Amy, de plus en plus gênée.

– Oh, je sais bien. C'est parce que j'étais en retard pour rentrer, pas vrai, mon Coco ? Oh, mon chéri, je suis désolée, nous avons été retenus et ensuite, nous avons été bloqués et nous avons dû marcher. C'est pour ça que tu as fugué, pas vrai ?

– Ça doit être ça, marmonna Amy, honteuse.

Jasmine lui tendit sa main libre pour se présenter, de façon tout à fait superflue.

– Je suis Jasmine, dit-elle avec chaleur. Nous nous sommes rencontrées à côté des vaches, non ?

– Oui, c'est vrai. Je... Moi, c'est Amy. Bonjour.

Elle hésita et regarda le fatras de papier sur la table.

— Jasmine, recommença-t-elle dans ton hésitant. J'aurais voulu vous parler de l'hôtel Summertime...

Jasmine sourit.

— Mon bel hôtel ! Vas-y, Amy... Tiens, bonjour Steve !

Amy déchanta en apercevant M. Lomax qui entrait à grands pas dans la pièce, avant de s'arrêter et de la dévisager d'un air méchant. Si les souhaits pouvaient faire fondre les gens, pensa Amy, entre lui et M. Richards, elle serait une flaque sur le plancher.

— Toi, cracha-t-il. La fille aux vaches.

— Oui, dit Jasmine avec bonheur. Voici Amy, qui s'est occupée des vaches, et maintenant, elle a trouvé Coco ! Ce n'est pas génial, Steve ?

— Absolument merveilleux, grinça M. Lomax, dont le sarcasme ne fut pas perçu par la star. Amy, Mlle Jones a beaucoup de travail. Si vous voulez bien nous laisser un peu d'intimité ?

— Oh, fit Jasmine déçue. Je suis vraiment désolée, Amy, j'aurais beaucoup aimé entendre parler de l'hôtel Summertime. Peut-être une autre fois ?

Amy hésita, puis suivit avec réticence le vigile qui était revenu près d'elle. Comment persuader Jasmine de ne pas acheter l'hôtel avec M. Richards juste à côté ?

– Ravie de vous avoir rencontrée, Jasmine, parvint-elle à dire, malgré la déception qui lui serrait la gorge.

– Pareillement !

Et Jasmine retourna à ses plans. « Ses plans de destruction de notre Summertime », pensa Amy avec amertume.

Mais que faire, sinon se laisser raccompagner par le vigile ? Quand il lui ouvrit le portail, elle ne renvoya même pas aux journalistes leurs regards furibonds. Elle se contenta de jouer une nouvelle fois des coudes, marmonnant des excuses quand ils s'écartaient. Derrière elle, elle entendit le portail se fermer. « C'était sans doute ma dernière chance », comprit-elle, abattue.

Alors qu'elle émergeait de la foule, elle fut saisie par le bras.

– Callum ! s'exclama-t-elle non sans soulagement. Je croyais que j'allais encore me faire enguirlander par un des paparazzis.

– Comment ça s'est passé ? demanda-t-il avec une pointe d'inquiétude.

Elle secoua la tête, incapable de lui faire un compte-rendu à voix haute. « Je suis désolée, pensa-t-elle. C'était notre dernier espoir, et je me suis plantée. »

Callum lui tapota le bras, puis le relâcha.

– T'en fais pas, Amy. Il y avait peu de chances que ça fonctionne, mais au moins, tu auras essayé. Et puis, tu as résolu le « problème Coco » ! Ça aurait pu nous causer de sacrés ennuis. Du kidnapping de chien, franchement !

Elle parvint à sourire.

– Merci. Lucas ne cherchait pas à nuire, tu sais. Il n'a pas réfléchi jusqu'au bout, voilà tout.

– Bien sûr. Il est un peu nigaud, mais pas méchant. Enfin, en général, précisa Callum d'un air entendu. Dis donc, je viens de dire au revoir à Zoé. Je ne savais pas qu'elle partait plus tôt que les autres. Elle ne reste pas pour la fête ?

Amy s'arrêta net.

– Quoi ?

– Elle m'a dit qu'elle partait à la gare de Denton tout à l'heure. J'imaginais que tu étais au courant...

– Pas du tout ! s'écria Amy, qui sentit la panique monter. Je n'en avais aucune idée. Tu es vraiment sûr... ?

– Ah oui. Elle retournait chez Pat et John pour faire sa valise !

– C'est pas vrai, gémit Amy.

« Qu'est-ce qui nous arrive ? Ce n'est pas normal entre meilleures amies ! Comment en est-on arrivées là ? »

Tout ce qu'elle savait, c'est qu'elle ne pouvait pas s'en tenir là, pas sans essayer d'arranger ce qui avait pu se détériorer entre elles. Elle se mit à courir en direction du parc de Foxwood.

– On se revoit plus tard, Callum ! cria-t-elle. Il faut que je la rattrape !

11

– Zoé ! cria Amy en gravissant en un clin d'œil les marches du perron d'Apple Cottage.

Elle chercha ses clés d'une main tremblante, ouvrit à toute volée et appela à nouveau son amie.

Quelque part au fond d'elle-même, elle se doutait qu'il était trop tard, mais elle passa la tête à toutes les portes du rez-de-chaussée en appelant toujours, puis monta les marches quatre à quatre pour regarder dans toutes les chambres. Sans résultat : la maison était vide.

– Oh, non !

« Ce n'est pas possible... » Amy courut dans la chambre qu'elle occupait d'habitude, que Zoé partageait avec Sophie. Il devait y avoir une erreur ! Callum avait mal compris et Zoé était partie à Denton acheter des collants de rechange, ou sa marque préférée d'eau minérale. Ou peut-être avait-elle décidé d'aller chez le coiffeur sur un coup de tête ?

Le souffle court, les poings serrés, Amy balaya la pièce du regard. Toutes les affaires de Zoé avaient disparu. Sa valise, son petit sac à dos, tous ses vêtements... Ses fers à lisser et son maquillage. Sans parler de son journal intime Purple Craze, accompagné de son stylo plumeau. Tout. Elle avait même dégonflé son matelas.

L'estomac retourné, Amy eut envie de s'effondrer, mais le temps était compté. Peut-être son amie avait-elle simplement tout rangé sous le lit ? Peu probable, mais elle s'accroupit quand même pour regarder.

Elle retint sa respiration. Il y avait quelque chose, là-dessous. Amy tâtonna avant de ressortir un livre. Zoé n'en était qu'à la moitié ; Amy l'avait vue le lire pendant leur première soirée à Foxwood et il y avait encore un marque-page à l'intérieur.

Quand Amy l'ouvrit, elle s'aperçut qu'il ne s'agissait pas du tout d'un marque-page. Elle sentit la nausée monter en découvrant le mince papier cartonné.

« Des billets. Pour le concert de Purple Craze. Samedi. »

Amy s'assit sur le lit, les yeux sur les tickets dans sa main tremblante. *Stade de Frexingham, 19 h 30. Entrée à 19 h 00. Rangée F. Non remboursable.*

Ce devait être le cadeau d'anniversaire que lui destinait Zoé, comprit-elle avec horreur. Elle avait prévu la surprise depuis des mois. Et Amy, qui était censée être sa meilleure amie, ne l'avait même pas consultée au sujet de leur fête commune.

« Moi qui me demandais pourquoi elle n'était pas enthousiaste quand je parlais de la fête... »

Amy ressentit comme un deuxième coup dans l'estomac au souvenir de ce qu'elle avait dit dans la bibliothèque à propos de Jasmine Jones. Elle avait insulté publiquement l'idole de Zoé, qui s'imaginait qu'elle l'adorait aussi. « Elle pensait m'avoir acheté le cadeau d'anniversaire parfait... »

Amy gémit et se prit la tête entre les mains. Elle n'aurait pas pu faire pire même en ayant tout prévu.

Prise d'une frénésie soudaine, elle sortit son téléphone et appela Zoé. Il trembla dans sa main pendant qu'elle écoutait la sonnerie. Elle imagina, du côté de son amie, la chanson familière de Purple Craze qui retentissait : *Dis donc, tu rêves ou quoi, je t'aime plus...*

Plus adapté à la situation, c'était impossible.

Le téléphone s'arrêta de sonner d'un coup, et Amy comprit avec consternation que son amie devait avoir vu son nom s'afficher à l'écran et raccroché.

Amy jaillit de la chambre, les billets toujours serrés dans sa main. Elle descendit l'escalier à une allure périlleuse et se précipita dehors. Elle laissa le portail claquer derrière elle et s'élança vers l'arrêt de bus au bout de la route. Elle avait manqué Zoé, évidemment, mais peut-être arriverait-elle à temps à la gare de Denton ? Hors d'haleine, elle regarda les horaires protégés par leur feuille de plastique, le doigt suivant les petits caractères. Il fallut de longues secondes à son esprit embrouillé pour décoder les lettres et les chiffres.

– Oh, c'est pas vrai...

Le prochain bus n'arrivait pas avant une heure et cinq minutes.

« Qu'est-ce que je vais faire ? se demanda Amy, qui sentit des larmes lui piquer les yeux. Il faut que j'arrange ce sac de nœuds ! »

« Pat ! » pensa-t-elle tout à coup en ressortant son téléphone. Pat saurait quoi faire. Et elle prendrait son appel, elle. Sa grand-mère d'adoption était intelligente et avisée, elle apportait toujours son aide.

« Allez, Pat, décroche... »

– Je suis vraiment désolée, Pat.

Amy était toujours au bord des larmes, mais luttait pour garder une contenance.

— Mais ne t'excuse pas, voyons ! Ce n'était qu'une petite séance de shopping. Il y a bien plus important dans la vie !

Pat prit l'embranchement et changea de vitesse sans heurt. Par chance, il y avait peu de circulation et elle conduisait à la vitesse maximale autorisée.

— Oh, Pat, j'ai tout gâché. Je n'arrive pas à croire que j'ai été aussi bête.

— Allons, allons, fit Pat, qui retira un instant une main du volant pour presser celle d'Amy. S'il y a un problème, il y a une solution. Tu vas t'en sortir, Amy. Vous allez vous en sortir toutes les deux.

— Mais Zoé a dû être tellement énervée, pour partir comme ça... Pas étonnant, remarque, lança Amy, qui essuya d'un geste vif une larme sur sa joue. Quelle idiote j'ai été !

— Ça arrive à tout le monde d'avoir ses moments idiots. Zoé aussi, je suis sûre. Elle comprendra, il faut simplement que tu discutes avec elle, dit Pat avec un gentil sourire. Ce n'est pas par hasard que vous êtes meilleures amies. Vous ne pourrez pas renoncer facilement à cette amitié, ni l'une, ni l'autre.

Amy se pencha en avant et s'agrippa à la boîte à gants, sans se soucier de la ceinture qui lui rentrait dans l'épaule.

– On arrive à la gare. Oh, pourvu qu'elle soit encore là...

Quatre voitures se trouvaient devant elles dans la voie menant au dépose-minute, et l'attente fut insupportable. Enfin, Pat entra dans le parking avec un petit cri de triomphe et serra le frein à main.

– Tu vois Zoé ?

Elle se pencha pour regarder avec Amy par le côté passager les portes vitrées de la gare.

– Elle est là !

Amy ouvrit la portière aussi vite qu'elle le put. Parmi les voyageurs, elle distinguait les cheveux de Zoé et son sac à dos Purple Craze. Elle regardait le tableau des trains au départ, sa valise à côté d'elle.

– Attends. (Pat lui saisit le poignet et lui mit un billet de vingt euros dans la main, qu'elle étreignit pour lui porter chance.) De quoi faire le voyage retour en bus – avec Zoé, j'espère.

– Oh, Pat, c'est trop gentil ! s'écria Amy, qui donna un baiser rapide sur la joue de celle qui était devenue une vraie grand-mère pour elle. Je t'adore !

– Moi aussi, ma puce. Bonne chance !

Elles n'avaient pas le temps d'épiloguer. Amy referma la portière et s'élança vers la gare. Zoé passait le portillon d'accès aux trains en tirant sa valise derrière elle. Un train ralentissait pour s'arrêter quai numéro 2.

– Zoé ! Zoé !

Amy s'écrasa presque contre le portillon et se pencha par-dessus sous le regard amusé de l'employé de gare.

– Zoé, attends !

Le train s'était arrêté et les passagers commençaient à descendre. Zoé jeta un œil derrière elle et, surprise, aperçut Amy.

– S'il te plaît, ne t'en va pas tout de suite ! Je veux arranger ça ! cria Amy.

Les voyageurs au départ avaient laissé passer tous les autres et s'étaient mis à monter avec leurs bagages. Hésitante, Zoé se retourna vers le train, puis vers Amy, qui brandit les billets de concert.

– Zoé, il faut qu'on parle ! S'il te plaît !

Un homme d'affaires à côté de Zoé lui fit galamment signe de passer devant lui. Elle le regarda, puis se retourna vers Amy. Elle sourit et dit quelques mots à l'homme d'affaires. Amy retint son souffle.

L'homme monta dans le train et Zoé se dirigea vers son amie.

Amy s'effondra contre la barrière sous l'effet du soulagement, mais quand Zoé passa son ticket pour faire ouvrir les portes automatiques, elle affichait toujours une expression de regret, de colère et d'accusation mêlés.

Amy se lança en avant pour l'embrasser, mais Zoé ne répondit pas à son étreinte.

– D'accord, on parle, dit-elle avec raideur. Même si je ne vois pas ce que ça va apporter.

– Merci, dit Amy d'une voix faible. C'est gentil de me donner une chance. Allez, je te paie un jus de fruits.

Le café de la gare était petit et pas très propre, et il n'était pas facile de s'y déplacer avec tous les bagages qui encombraient le sol, mais Amy parvint à leur dégotter une table grâce au départ de deux vieilles dames. Elle laissa ses sacs avec Zoé, alla acheter leurs boissons au comptoir, puis posa le jus devant son amie comme une offrande de paix. Une fois installée, elle joignit les mains et déglutit avec peine. Quand elle essaya de parler, les mots ne parvinrent pas à sortir.

Zoé ne semblait pas vouloir faire le premier pas et il aurait été difficile de lui en vouloir. Après un long silence inconfortable, Amy s'éclaircit la gorge pour faire une nouvelle tentative, mais Zoé l'interrompit :

– Ça fait bizarre de te voir avec tes amis de Foxwood. Vous êtes tous tellement proches.

— Je sais, ce n'était peut-être pas une très bonne idée de... mélanger les deux mondes...

— Ce n'est pas vraiment le problème, dit Zoé en regardant son jus sans y toucher. Je trouve ça dur de voir comme tu es amie avec Callum. Et Eva, aussi. Et toi et Tanya, vous êtes comme des sœurs maintenant.

— C'est vrai, répondit doucement Amy. Et c'est super, mais ça ne signifie pas que j'aie envie de te perdre.

— Mais ce n'est plus pareil. Je le vois, maintenant, dit Zoé en faisant tourner son verre dans ses mains. Je croyais qu'on était meilleures amies. Il y a des choses que je ne ferais avec personne d'autre. Inventer des chorées délirantes sur Purple Craze, par exemple. Je serais trop intimidée pour le faire avec quelqu'un d'autre, mais avec toi, ce n'est pas grave. C'était vraiment sympa.

— Oui, dit Amy en s'humectant les lèvres. Et tu es ma meilleure amie, Zoé. Ou en tout cas, j'espère que tu veux bien l'être encore.

— Mais tu as tous les autres... dit Zoé d'un ton nostalgique.

— On est très proches, c'est vrai, reconnut Amy. Mais toi, tu as aussi Gareth et Sophie, et tu as des activités différentes avec eux...

– D'accord, mais tu y participes aussi, objecta Zoé avec tristesse. À Foxwood, tu as carrément une autre vie, qui n'a rien à voir avec moi.

Amy garda les yeux sur ses mains. Le pire, c'est qu'elle comprenait ce que Zoé ressentait.

– Et puis, ajouta Zoé en se redressant, tu as insulté Jasmine. Tu ne l'aimes plus. Et je me suis rendu compte qu'il n'y avait pas moyen que tu ailles à ce concert samedi, même si tu n'avais pas organisé ta fête.

– J'aurais dû te consulter, avoua Amy. J'ai été bête de la planifier sans t'en parler.

– Ce n'est pas tant ça... fit Zoé. J'étais un peu dépitée, c'est vrai, mais le pire, c'est tout ce que tu as dit à la bibliothèque. On dirait qu'on n'a plus Jasmine en commun toutes les deux, soupira-t-elle en baissant les yeux à son tour. Alors je ne voyais plus de raison de rester.

– Je regrette vraiment d'avoir balancé tout ça, marmonna Amy, de nouveau honteuse.

– Tu dois me trouver bête, moi aussi, ajouta Zoé. D'essayer d'être chanteuse dans le style de Jasmine, alors que tu ne l'apprécies même pas. Et je ne suis pas aussi douée qu'elle.

– Mais non, je te l'ai dit hier ! s'écria Amy. Ce n'est pas du tout ce que je pense, loin de là ! Tu as beaucoup de talent, Zoé. Tu chantes à merveille !

(Anxieuse, elle essaya de formuler ce qu'elle ressentait.) J'étais seulement inquiète à l'idée que Jasmine puisse te faire du mal. Elle avait l'air arrogante et tu n'arrêtais pas de dire que ce n'était pas sa faute alors que je l'ai trouvée très grossière. J'avais peur qu'elle finisse par te dire une méchanceté, que tu n'acceptes pas sa vraie personnalité, et c'était trop.

– Vraiment ? fit Zoé d'un air sceptique. Parce que je ne vois toujours pas Jasmine être agressive avec quelqu'un...

– Non ! s'exclama Amy. Moi non plus, maintenant que je l'ai rencontrée. Je suis sûre qu'elle ne serait pas méchante, pas délibérément. En fait, elle est sympa.

Zoé la regarda, abasourdie.

– Noon ??!! Tu l'as rencontrée ?

– Oui, et par accident au final ! On a lâché les vaches avec Callum pour retarder M. Lomax, c'était un peu n'importe quoi... Bref, Jasmine était avec lui. Et puis il y a eu l'épisode Coco...

Zoé secoua la tête avec force, comme si elle n'en croyait pas ses oreilles.

– C'est quoi ces histoires de vaches et de chihuahua ? fit-elle en prenant la main d'Amy, les yeux de nouveau brillants. Elle était comment ? Comment c'est arrivé ? Raconte-moi tout !

Amy prit son souffle et entreprit d'expliquer leur plan pour bloquer M. Lomax, le troupeau sur la route, et Jasmine qui obligeait son manager en rage à emprunter un sentier boueux. Dès ce passage, Zoé se mit à pouffer. Quand Amy en arriva au kidnapping de Coco par Lucas, elle eut un hoquet de surprise, puis rit aux éclats.

– Et alors, tu lui as ramené Coco ? Évidemment ! Pourquoi je n'ai pas envisagé l'enlèvement de chihuahua, moi ?

Amy rit aussi.

– Tu plaisantes, j'espère ! C'est quasiment ce qu'a dit l'un des paparazzis !

– Trop marrant ! Allez, continue ! Qu'est-ce qui s'est passé quand tu es allée chez elle ?

Enfin soulagée, Amy lui raconta tout. Son amie ne paraissait même pas jalouse de ses aventures, mais simplement subjuguée. Quand elle eut terminé, Amy lui adressa un sourire hésitant, mais celui de Zoé fut franc et jusqu'aux oreilles.

– GÉ-ANT !

– C'est vraiment ça. Et j'aurais aimé que tu sois là.

Amy se risqua à reprendre la main de Zoé qui, à sa grande joie, ne se dégagea pas. Elle poursuivit :

— Je suis vraiment désolée, Zoé. Je me suis complètement plantée. J'aurais dû voir avec toi avant d'organiser la fête. Je ne t'ai même pas demandé s'il y avait quelque chose que tu voulais faire.

— C'est pas grave. Moi, je n'aurais pas dû être aussi jalouse de tes autres amis. Si tu me promets que nous, on l'est toujours, dit Zoé en souriant. Amies.

— Ça, oui !

Amy se pencha vers elle et Zoé vint à sa rencontre. Elles s'embrassèrent et manquèrent de faire valser les verres qu'elles n'avaient pas bus.

— Meilleures amies !

Elles se dirigèrent, bras dessus, bras dessous, vers l'arrêt du bus. Amy tirait la valise de Zoé, qui portait ses sacs à main et à dos. Elle n'arrêtait pas de redemander à Amy des détails sur Jasmine : sa coiffure, sa réaction en retrouvant Coco... Bientôt, elles riaient toutes les deux en chœur. Amy était d'humeur bien plus légère qu'en venant à la gare.

— Bon, on doit régler l'histoire de cette fête. On ne peut pas la maintenir le jour du concert. Tu nous as acheté des tickets, Zoé ! J'adorerais voir Jasmine en live.

– Mais tu ne peux pas annuler la fête, protesta Zoé. Tu as prévu tellement de choses, ce serait trop dommage.

– Et Lucas en personne qui s'est donné du mal, reconnut Amy. Il a trouvé un générateur utilisable, étant donné que le courant est toujours coupé. Et tout le monde sera là. Tous les jeunes du village. Parce que bon, ce n'est pas seulement notre anniversaire qu'on fêtera. C'est aussi l'adieu au Summertime.

– Ça doit passer avant, confirma Zoé, décidée.

– Tu sais quoi ? fit Amy, prise d'une inspiration subite. On devrait la décaler à l'après-midi. Comme ça, l'éclairage ne poserait pas de problème, au moins. Et on pourrait aller au concert le soir !

– T'es géniale ! s'écria Zoé. Bien sûr, c'est la solution. Du coup, on pourra célébrer nos anniversaires des deux façons.

– Et voilà le bus.

Le véhicule passa devant elles, ralentit et s'arrêta. Elles coururent sur les derniers mètres et montèrent à bord. Tout en hissant la valise de Zoé, Amy souriait à l'idée du samedi qui s'annonçait.

« Maintenant, on peut vraiment s'organiser. Je sais que tout va bien se passer, malgré les inquiétudes au sujet du Summertime. On y repensera quand il le faudra. C'est une partie importante de nos vies et ce sera très dur de le perdre, mais après tout, ce n'est que de la pierre et du mortier. Il faut se faire une raison. »

La vraie chose importante, se dit-elle avec bonheur, c'est qu'elle avait toujours sa meilleure amie.

12

Alors que le bus arrivait aux abords de Foxwood en cahotant, Amy repéra deux silhouettes familières qui marchaient sur le bas-côté, plongées en pleine conversation. Elle ne pouvait voir leurs visages, mais la crinière de Callum était reconnaissable entre mille, même vue de derrière, et c'était sans aucun doute sa demi-sœur qui portait un appareil reflex numérique en bandoulière.

– Regarde, dit-elle à Zoé. Voilà Callum et Tanya. On n'a qu'à descendre au prochain arrêt pour faire le trajet avec eux jusqu'au centre-ville.

Le bus s'arrêta quand elles signalèrent leur demande et elles descendirent avec les bagages de Zoé, adressant un salut joyeux au chauffeur. Callum et Tanya, qui les avaient aperçues, avaient déjà accéléré l'allure pour les rattraper.

– Salut les filles !

Soulagé de voir Zoé de retour, Callum lança un clin d'œil à Amy.

– On a pris des photos de faune, annonça Tanya en montrant son appareil. Callum m'a prévenue qu'il y avait des échassiers migrateurs rares au lac, et il avait raison.

Elle fit apparaître les clichés sur son écran et leur montra de beaux oiseaux aux longues pattes qui, aux yeux d'Amy, ressemblaient à s'y méprendre à d'autres oiseaux, mais c'était un plaisir de voir Tanya aussi heureuse.

– Et toi, Amy, tu es allée à Denton... constata Callum avec un sourire entendu.

– Oui ! répondit Amy avec le même sourire. Zoé, je te racontais nos prouesses de cow-boys : c'est ici qu'on a libéré les vaches !

Le goudron était encore couvert de boue et on distinguait des empreintes de sabots dans l'herbe sur le côté. Callum émit un « tss » désapprobateur.

– Non mais sincèrement, ces bouseux ne sont pas capables de garder leur bétail enfermé ?

Il secoua la tête d'un air grave, et Amy rit.

– Au moins, Jasmine a pris ce désagrément beaucoup mieux que M. Lomax.

– Chut, vous autres, chuchota Tanya en levant la main, avant de découvrir lestement l'objectif de son appareil. J'ai vu une hermine !

– Oh, souffla Amy. D'accord !

Une fois ses amis plus silencieux, Tanya se dirigea avec précaution vers la clôture, où l'herbe était haute. Tous retinrent leur souffle dans l'attente de voir apparaître une fourrure brune. Quand Tanya s'accroupit soudain, Amy crut qu'elle avait retrouvé l'hermine, mais à sa surprise, sa demi-sœur posa son appareil et se mit à fouiller dans l'herbe. Elle se releva en tenant un objet qui pendait au bout de ses doigts et captait la faible lumière du soleil.

– Regardez un peu, fit-elle en le balançant entre ses doigts. Quelqu'un a fait tomber un collier.

– Ça me dit quelque chose, s'étonna Amy, qui l'attrapa et écarquilla les yeux. C'est le médaillon de Jasmine Jones !

– Vraiment ? fit Tanya, perplexe. Comment tu le sais ?

– Elle le porte en permanence. Pas vrai, Zoé ?

Celle-ci s'avança en toute hâte et regarda à son tour le bijou.

– Oui, c'est bien ça. Elle ne l'enlève jamais, je l'ai lu des tas de fois. Elle doit l'avoir perdu.

– Sans doute quand elle a escaladé la barrière, au moment de la balade des vaches, ajouta Callum. Elle a dû le perdre dans toute l'agitation.

Zoé caressait le petit cœur d'or comme s'il s'agissait d'une précieuse relique.

— Mince ! s'exclama-t-elle, paniquée. Je crois que je l'ai cassé.

— Ça m'étonnerait, fit Amy, qui rouvrit la main crispée de son amie. Non, tu as juste actionné le levier pour l'ouvrir.

— Oh. Ça alors.

Ils s'approchèrent tous pour regarder. C'était une toute petite photo, bien entendu, mais sûrement prise par un professionnel : les visages étaient très nets et se détachaient bien sur le fond, souriants. La personne au milieu était Jasmine, ce qui n'avait rien d'étonnant, mais autour d'elle...

— Mark ? s'exclama Callum, qui remonta les lunettes sur son nez et examina de plus près l'image.

— C'est bien lui, fit Amy, abasourdie.

— Vous avez raison, c'est Mark, dit Tanya. Avec ses parents, M. et Mme Jones.

— Il s'appelle Mark Jones ? demanda Zoé après un instant de silence. Comme... Jasmine Jones ?

— Ah, oui, c'est sûr que c'est lui. Mark doit être de la famille de Jasmine, conclut Callum. Je n'y ai jamais pensé, mais c'est un nom tellement courant il faut dire...

— Ça pourrait bien être son frère, dit Tanya en scrutant les visages. Quand on cherche les traits en commun, on voit la ressemblance. Regardez leurs yeux.

Zoé contempla le médaillon d'un air pensif.

– Et Mark a une très belle voix, aussi. C'est ce que je disais la première fois qu'on l'a vu, à l'hôtel Summertime.

Amy jouait avec une mèche de ses cheveux.

– Ça paraît logique, dit-elle avec lenteur. Sinon, pourquoi Jasmine serait venue à Foxwood ? On a toujours trouvé ça étrange. Pourquoi choisir un si petit village ?

– Elle a dû venir parce que sa famille habite ici, approuva Callum. Et parce que ce n'est pas loin de son concert à Frexingham, bien sûr. Elle ne passe pas son temps ici. Et Mark n'est arrivé au village avec sa famille qu'il y a quelques années, ce qui explique que Jasmine ne soit pas allée à l'école à Denton comme nous.

– Oh, c'est pas vrai, grogna soudain Amy.

Reprenant le bijou à Zoé, elle l'examina avec un sentiment de révélation désagréable.

– Quoi donc ?

– Tu te souviens de ce que j'ai dit à la réunion d'urgence ? dit Amy. Eh bien, figure-toi que tu n'étais pas la plus en colère.

– Oh, non, souffla Tanya. Pas étonnant que Mark soit parti furieux.

– Je me sens nulle, fit Amy en se passant une main dans les cheveux. Il faut que je lui présente mes excuses, tout de suite. Ce que j'ai pu dire de sa sœur !

– Il n'était plus là quand tu l'as traitée de diva, lui rappela Callum.

– D'accord, mais il y était quand j'ai dit qu'il fallait absolument éviter qu'elle ne prenne possession de l'hôtel. Tu te rappelles ? gémit-elle en se prenant le front dans les mains. J'ai dit qu'il faudrait essayer de le faire acheter par n'importe qui d'autre.

Même Zoé la gratifia d'un regard compatissant.

– Tu ne savais pas.

– Mais de toute façon, je n'aurais pas dû le dire. Je vais aller chez les Jones tout de suite pour demander à parler à Mark. Je vais lui présenter mes plus plates excuses...

– Pas bête, fit Callum après une pause. On vient pour t'aider.

Mark et ses parents vivaient dans une ruelle tranquille en retrait de la place du village, dans un cottage petit mais plein de charme, logé dans un écrin de vieux arbres et de haies bien fournies. Amy ralentit en approchant du portail de bois, puis elle inspira profondément et entra.

« Au moins, cette histoire m'aura appris à réfléchir avant de parler. Même si pour l'instant, je suis dans mes petits souliers ! »

Le jardin des Jones était très joli et bien entretenu, mais ne ressemblait pas aux pelouses façon golf de la résidence de Jasmine à l'autre bout du village. On pouvait dire la même chose du cottage, pensa Amy en appuyant sur la sonnette d'un doigt tremblant. Des bottes boueuses avaient été laissées sur la terrasse, et elle entendit des aboiements excités pendant que quelqu'un arrivait à la porte.

Ce fut Mark qui ouvrit, et son sourire s'effaça dès qu'il la vit. Elle déglutit.

– Salut, Mark.

– Amy, fit-il avec un regard en arrière. Qu'est-ce qu'il y a ?

Amy lui tendit le médaillon, que Mark regarda un moment avant de le saisir. Il gardait le silence, cela devenait stressant.

– C'est... il y a une photo de toi à l'intérieur.

– Oui, fit-il en l'ouvrant. Et tu sais à qui il appartient j'imagine, sachant que tu es si fan de Purple Craze, ajouta-t-il avec un regard insistant.

Amy fit la grimace.

– Oui, on le sait.

– Alors vous avez compris, dit-il en refermant la main sur le bijou.

– Mark, je suis vraiment désolée de ce que j'ai pu raconter. Je t'assure que je n'aurais rien dit de tout ça si j'avais su que Jasmine était ta sœur. Et dans tous les cas, je n'avais pas à parler d'elle comme ça.

– Non, confirma-t-il.

Au moment où Amy pensait que le sol allait s'ouvrir sous ses pieds pour l'engloutir, Callum vint à son secours.

– Pourquoi tu ne nous as rien dit ? demanda-t-il à Mark. Tu ne nous avais même pas avoué que tu connaissais Jasmine !

– C'est une règle familiale, expliqua Mark avec un sourire sans joie. On évite d'en parler si on le peut. Vous avez vu la flopée de paparazzis autour de la résidence louée par ma sœur ? Mes parents n'ont pas envie qu'on soit tous entraînés là-dedans. C'est suffisamment dur pour Jasmine.

– Ça, je comprends, reconnut Amy avec tristesse. Ça doit être horrible pour elle.

– Ça l'est, assura Mark, dont le ton s'adoucit un peu. Et de toute façon, je ne voulais pas que les gens soient amis avec moi juste parce que j'ai une sœur célèbre. Ça a été super, avec vous et l'hôtel Summertime. Je savais que vous m'aimiez bien juste pour moi. Je n'avais pas à m'inquiéter de l'histoire de Jasmine.

Amy hocha la tête, ne sachant que dire.

– Bref, reprit Mark, à nouveau coupant. Je donnerai le médaillon à Jasmine. Merci.

– C'est bon, dit une voix derrière lui. Je peux venir le chercher !

Jasmine Jones apparut derrière son frère, souriante. Même dans cette situation très quotidienne, il émanait encore d'elle une petite aura de célébrité. Toutefois, comme si elle était une habitante de Foxwood parfaitement ordinaire, elle poussa son frère du coude et s'installa à côté de lui.

– Dites, merci de m'avoir rapporté mon médaillon ! C'est incroyable, vous retrouvez tout ce que je perds !

Amy essaya de ne pas montrer sa culpabilité concernant Coco et lui tendit son collier.

– Il était à côté de la route où les vaches sont sorties. Vous avez dû le faire tomber en franchissant l'échalier.

– Et à mon retour, je ne l'ai remarqué que des heures après, parce que je m'inquiétais pour Coco. Je n'avais aucune idée d'où je l'avais fait tomber. (Jasmine recula en entraînant Mark avec elle.) Vous entrez ? Ça me ferait plaisir de discuter avec vous tous. Beaucoup plus que de répondre à tous les reporters de l'autre maison !

Sans oser croiser le regard de Mark, Amy suivit Jasmine au salon, imitée par les autres. La pièce était moderne, mais avait l'aspect douillet d'un cottage ancien. Il y avait des photos encadrées sur toutes les surfaces disponibles, ainsi que deux grands bouquets de roses dans des vases, qui paraissaient cueillies dans le jardin plutôt qu'achetées chez un fleuriste. Les canapés étaient grands et confortables, couleur brique et non blanc immaculé. Une pile de livres avait été posée à la va-vite à côté d'une bibliothèque en pin. Un mug vide était resté sur un dessous de verre, sur la table basse qui avait connu des jours meilleurs.

« Ça ne ressemble pas du tout à la maison de location de Jasmine, songea Amy. Comme si elle avait deux vies différentes ! »

– Quelle maison magnifique, dit-elle sans réfléchir mais en toute sincérité.

– J'adore, répondit Jasmine avec le sourire. C'est un vrai havre de paix.

Un regard vers Zoé apprit à Amy que son amie était complètement muette, maintenant qu'elle était en présence de son idole.

– Je vous présente Zoé, dit-elle en attirant vers elle son amie, qui rougit. C'est une grande fan !

Zoé émit un son étouffé tout gêné, mais Jasmine vint l'étreindre avec une grande simplicité.

– Ah, ça me fait très plaisir ! Je suis heureuse de te rencontrer, Zoé.

Zoé ne put lui répondre que par un couinement éraillé, mais Amy la vit sourire, aux anges.

– On aurait pu l'apporter directement chez vous, précisa Tanya, qui n'était pas du tout dans le même état que Zoé. Mais on a vu la photo de Mark, et on s'est dit que c'était préférable de lui restituer le médaillon à lui.

– Oh, répondit Jasmine en souriant, je n'y suis quasiment jamais. C'est un peu... un trompe-l'œil, vous voyez ? Je veux éviter des hordes de paparazzis autour de la maison de ma famille, et en ce moment, avec les reporters qui voudraient publier un article sur la rupture avec Carla et le groupe, c'est pire que jamais. En général, ce sont mes parents et Mark qui viennent me rendre visite à Londres, mais j'avais vraiment besoin de sortir de là un moment. Vous ne le révélerez à personne, hein ? L'autre maison détourne l'attention de façon très utile.

– Bien sûr ! s'écria Amy.

– Nous n'en parlerons à personne, promit Zoé, qui avait enfin recouvré l'usage de la parole.

Jasmine les remercia, toujours souriante. Elle se montrait si aimable qu'Amy en sentit une pointe de remords.

– J'étais en tournée pendant ces dernières semaines, et ça n'en finissait pas ! expliqua-t-elle. J'avais envie de passer du temps avec ma famille. (Elle poussa un soupir.) Et j'avais besoin de m'éloigner un peu des autres membres de Purple Craze, après tout ce qui s'est passé.

– On comprend très bien, dit aussitôt Callum. Votre secret est en sécurité avec nous.

Il tripota la monture de ses lunettes, et Amy pensa avec affection qu'il était à nouveau sous le charme de la star.

– C'est gentil, fit Jasmine avec tristesse. Être ici, ça a été une vraie échappatoire aux problèmes avec mon groupe. Mais ces journalistes sont une menace. Et puis il y a tous les problèmes d'électricité. Je sais que je crée des difficultés à Foxwood. Je devrais peut-être avancer mon départ.

– Oh, non ! s'écria Zoé. Ne pensez pas ça.

Puis elle lança un regard anxieux vers Callum, Tanya et Amy, comme si elle se rendait compte que ce n'était pas à elle de s'avancer au nom de Foxwood.

Amy risqua un regard vers Mark. Il n'avait toujours pas retrouvé ses dehors sympathiques habituels et les observait d'un air cynique, le sourcil levé. « Il pense qu'on va lui demander de partir, comprit Amy. Pas étonnant, d'ailleurs. Il y a quelques heures, c'est exactement ce que je voulais lui dire ! »

Malheureusement, elle n'avait plus le cœur de tenir de tels propos : Jasmine s'était montrée très agréable depuis leur vraie rencontre. Et au vu de l'expression de Tanya et de Callum, ils pensaient comme elle.

« Mais il faut que je parle de l'hôtel, songea Amy, malheureuse. J'aurais l'impression de le trahir et de laisser tomber tous les autres. »

Elle ouvrit la bouche et la referma, essayant désespérément de trouver les mots justes, mais Jasmine lui coupa l'herbe sous le pied.

– Je sais que je vous embête aussi à l'hôtel Summertime, dit-elle d'un ton peiné. Mark m'a expliqué l'importance qu'il avait pour vous. Mais Steve Lomax me dit que c'est l'endroit idéal. Il estime que je dois avoir une grande propriété élégante pour aller avec mon image.

– Ah bon, croassa Amy.

Ses faibles espoirs fondaient comme neige au soleil.

– Steve voulait que j'achète une grosse maison à Londres ou Los Angeles, leur expliqua Jasmine. Mais je ne supportais pas l'idée d'être éloignée de ma famille. L'hôtel Summertime, c'est un bon compromis. C'est le seul domaine vraiment grand dans les environs. Je suis vraiment désolée. Je ne cherchais pas à tout gâcher, dit-elle avec un regard implorant à Amy. Mais je trouve que Steve a raison, j'ai besoin d'espace. Et l'hôtel est parfait.

Elle eut une moue déconfite en guise d'excuse, elle avait l'air sincèrement gênée. Cependant, pensa Amy, le cœur lourd, elle n'allait pas pour autant changer d'avis. Malgré tout, elle ne pouvait pas en vouloir à Jasmine. « Je parie que M. Lomax a fait exprès de lui créer cette image : la diva capricieuse. C'est comme s'il inventait un personnage de fiction et qu'elle devait s'y adapter, plutôt que l'inverse. »

Tout le monde dans la pièce avait l'air aussi mal à l'aise que Jasmine, et un nouveau silence s'installa. Incapable de supporter plus longtemps cette ambiance, Amy fit un grand sourire.

– Jasmine, il faut que je vous dise : Zoé chante aussi. Elle interprète très bien vos chansons !

– C'est vrai ? demanda la star. (Visiblement soulagée par ce changement de sujet, elle sourit à Zoé.) Tu chantes devant tes amis, alors ? Il faut du cran, pour ça. Je parle d'expérience !

Les joues cramoisies, Zoé s'éclaircit la voix.

– Ou... oui, bafouilla-t-elle. J'aimerais vraiment faire partie d'un groupe un jour, comme vous. Un groupe qui ressemble à Purple Craze, par exemple. Le chant, c'est ma passion.

— Évidemment, dit Jasmine en lui prenant la main. Il ne faut pas aimer à moitié pour y arriver, pas vrai ?

Elle lui adressa un sourire complice et Amy se sentit en joie pour sa copine.

— Tu veux bien me chanter quelque chose, s'il te plaît ? reprit Jasmine.

— Oh, fit Zoé, vraiment ?

Elle paraissait complètement prise au dépourvu, pensa Amy avec affection, comme si ce n'était pas ce qu'elle cherchait à faire depuis des jours.

— Mais oui ! l'encouragea Jasmine. Allez, Zoé !

— Zo-é ! Zo-é ! commença Amy, suivie par Callum, Tanya et Mark.

— Tu seras contente de le faire, Zoé, tu sais bien !

— Allez, Zoé, nous aussi on veut t'entendre !

— Je ne sais pas... Bon, OK. C'est d'accord.

Toujours rouge, Zoé avait les yeux brillants. Elle se racla la gorge avec nervosité et demanda :

— Qu'est-ce que je chante ?

— Un morceau qui te plaît, proposa Jasmine, qui s'assit sur l'accoudoir de l'un des canapés. Que dirais-tu d'une chanson de Purple Craze ? Une ballade, par exemple ?

Zoé opina de la tête et ferma les yeux. Puis elle les rouvrit et sourit, comme si elle venait de penser à la chanson parfaite. Elle prit son souffle en silence et commença d'une voix hésitante :

– *Je ne t'ai pas vu arriver...*

Sa voix tremblait et la dernière note était quasiment sans timbre. Zoé s'interrompit, pinça les lèvres et Amy sentit son cœur battre à lui faire mal dans sa poitrine. Elle savait que son amie était capable de chanter, le tout étant qu'elle arrive à vaincre sa nervosité. « Allez, Zoé ! Ne gâche pas cette chance, je t'en supplie... »

Et puis tout à coup, Zoé ne parut plus anxieuse du tout. Une lueur de détermination apparut dans ses yeux et elle prit une nouvelle inspiration, cette fois plus lente et plus profonde. Elle relâcha les épaules, releva le menton et recommença :

— *Je ne t'ai pas vu arriver*
J'aurais vraiment pas cru tomber
Pas vu ton horizon bleuté
Ni les voiles blanches s'ériger
Et vers le port se diriger...

La voix de Zoé était forte et chargée d'émotion et ses amis retinrent leur respiration pour l'écouter. Jasmine la regardait, captivée, et bougeait les lèvres en rythme pour suivre la chanson. Amy était ensorcelée : elle n'avait jamais entendu son amie aussi confiante et transmettant autant de sentiments. Sa voix se fit plus douce pour le passage de transition, puis reprit de la profondeur pour le dernier vers et le refrain. Une fois la dernière note éteinte, Zoé rougit et regarda autour d'elle, comme si elle aussi émergeait du charme qu'elle avait lancé.

Après un bref instant de silence, Jasmine se mit à applaudir sans retenue, aussitôt imitée des amis de Zoé, tous époustouflés.

– Waouh ! commenta Callum.

– C'était encore mieux que d'habitude, la félicita Sophie avec ravissement.

Mark se contenta d'applaudir, les yeux rivés sur elle, l'air admiratif.

Jasmine se leva et l'acclama :

– Zoé, tu as une voix magnifique, s'écria-t-elle. Tu as ce qu'il faut, si tu es prête à travailler !

– Oh, ça ne me dérange pas de travailler dur ! dit Zoé, qui ne pouvait détacher ses yeux de Jasmine.

– Dans ce cas, je suis sûre que je peux t'aider. Je peux te présenter à des personnes qui seraient très intéressées de t'entendre chanter.

– Vous êtes sérieuse ? fit Zoé, qui se couvrit la bouche de la main, des larmes jaillissant de ses yeux.

– Bien sûr. Pour l'essentiel, tout dépendra de toi, c'est évident. Il faudra vraiment te montrer persévérante et bosseuse. Mais pour t'ouvrir des portes, je peux t'aider, c'est sûr.

– Oh, Jasmine, merci !

Incapable de se retenir, Zoé se jeta dans les bras de son idole. Jasmine rit et lui rendit son étreinte.

– Tu as déjà un côté très pro, je trouve : ta respiration, ta diction, ta façon de placer ta voix.

– Oh, merci, mais le mérite revient à Purple Craze, assura Zoé en s'essuyant les yeux. On vous écoute tout le temps, pas vrai, Amy ?

Celle-ci confirma en souriant.

– Et Zoé trouve de très bonnes chorégraphies pour vos chansons, en plus.

– C'est parfait, dit Jasmine, toujours souriante, mais le regard tout à coup lointain.

– Jasmine... hésita Zoé. Qu'arrive-t-il à Purple Craze ? Est-ce que vous finirez par vous remettre ensemble ? La séparation n'est que temporaire, n'est-ce pas ?

Jasmine soupira et regarda ses ongles, vernis d'un violet zébré d'argent.

– Je ne sais pas, Zoé. J'aimerais pouvoir te donner des informations plus positives, vraiment... Mais après ce qui s'est passé avec Carla, je n'ai pas beaucoup d'espoir.

– Pourquoi vous êtes-vous disputées ? demanda Callum.

Amy retint un sourire. « Ce n'est pas Callum qui allait hésiter à lui poser la question sans détour ! »

Jasmine haussa les épaules d'un air perplexe.

– C'est compliqué. Carla et moi, on ne s'entendait pas bien ces derniers temps, mais ça s'est dégradé l'autre jour, quand on s'est parlé au téléphone. Elle ne veut plus passer de temps avec moi, en tout cas en dehors de la scène. On était très liées, mais maintenant, elle veut tout le temps rester avec Tig.

– Tig Malone ? demanda Sophie, les yeux ronds. De DangerField ?

– Oui. Ç'a été le coup de foudre entre eux, confirma Jasmine d'un ton morose. Vous l'avez peut-être vu dans les magazines people.

– Oui, j'avais vu, reconnut Zoé. Ils leur ont même donné un nom-valise : les Tarla !

– Moui, fit Jasmine, parce qu'ils sont toujours scotchés ensemble. DangerField est en tournée en ce moment, ce qui fait que je n'ai pas vu Carla depuis des lustres. Elle veut suivre Tig et son groupe partout, on dirait qu'elle ne s'intéresse plus à moi. J'ai essayé des tas de fois de l'appeler, mais ça se termine toujours en dispute.

Amy faillit pousser un petit cri et comprit : « Le jour où Jasmine nous a claqué la porte au nez, ce n'était pas après nous qu'elle en avait : elle devait parler à Carla et Tig ! Jasmine ne s'est jamais montrée impolie avec nous... »

Elle glissa un regard vers Zoé, puis vers ses autres amis. Elle était soulagée d'avoir récupéré sa copine, contente qu'elles aient réussi à discuter de leurs problèmes et à faire renaître leur amitié. Elle aurait été au fond du trou si elle avait perdu Zoé, et ce serait la même chose avec n'importe lequel de ses amis proches. Il n'était guère étonnant que Jasmine soit si retournée.

« Et s'il y avait quelque chose à faire pour Jasmine aussi ? Peut-être qu'on pourrait l'aider à se réconcilier avec Carla ? »

Elle croisa le regard de Zoé, qui lui lança un petit sourire plein d'espoir.

Apparemment, elle avait eu exactement la même idée...

13

Amy était bien aise que le temps soit à nouveau au beau fixe, car elle attendait avec Callum, Tanya et Zoé depuis une heure dans l'allée devant l'hôtel. Ils étaient dissimulés au milieu des rhododendrons et Callum tirait nerveusement sur son col, pendant que Zoé sautillait d'un pied sur l'autre, à peine capable de contenir son anxiété.

– Tu crois qu'on a bien fait, Amy ? Oh, j'espère que ça ne va pas tomber à l'eau...

– Tout va bien se passer, la conforta Amy avec plus d'assurance qu'elle n'en ressentait.

– Déjà, j'espère qu'elle va vraiment venir, marmonna Tanya. Elle a l'air d'être un peu diva sur les bords.

– Bah, c'est ce qu'on pensait de Jasmine, lui rappela Amy. Et en fait, elle est adorable.

– Tu es sûre d'avoir parlé à la bonne personne ? reprit Zoé, toujours sur des charbons ardents.

Amy éclata de rire.

– Ah oui, certaine. Encore une fois, grâce à Mark ! Il ne m'a pas seulement donné le numéro de Molly K, mais il lui a aussi expliqué ce qu'on préparait avant que je l'appelle. Et elle est d'accord ! Elle non plus, elle ne veut pas que Purple Craze se sépare. Elle m'a promis d'appuyer l'histoire du shooting photo.

Radieuse, Amy repensa à Molly K, la rebelle aux cheveux violets de la bande, qui avait paru absolument enthousiasmée par leur plan machiavélique au téléphone.

– Regardez, une voiture ! s'exclama Callum en désignant le portail. Alors là, c'est elle.

Ils coururent vers les grilles et la voiture qui s'arrêtait devant. Tout aussi effilée et étincelante que la limousine de Jasmine, elle était dotée de vitres teintées et de jantes dorées.

– En tout cas, c'est un véhicule de superstar, décréta Tanya, qui peinait à reprendre sa respiration.

Le chauffeur sortit pour aller ouvrir la portière arrière. Une paire de longues jambes en émergea dans un mouvement élégant, révélant un jean skinny noir et des bottes à talons aiguilles mauves. Quand le chauffeur tendit la main, le reste du corps de la passagère apparut. Elle regardait les arbres parés de leur feuillage d'été et les grilles de fer forgé. Elle rejeta en arrière ses longues boucles châtain et, malgré ses énormes lunettes noires, elle était immédiatement reconnaissable.

– C'est Carla ! s'écria Zoé d'une voix rauque. Elle est vraiment là !

Amy avait elle-même le rythme cardiaque qui s'accélérait en regardant la chanteuse longiligne qui s'approchait du portail, les sourcils froncés. Son chauffeur s'effaça et croisa les bras d'un air placide pendant qu'elle jaugeait l'hôtel avec méfiance.

« Oh, non, se dit Amy. Et si elle se doute qu'il y a anguille sous roche ? Après tout, elle doit bien connaître les attaches de Jasmine à Foxwood... »

Amy s'élança vers le portail et l'ouvrit, avec un grand sourire qu'elle espérait accueillant.

– Bonjour ! Vous êtes bien Carla, de Purple Craze ?

La chanteuse hocha la tête, toujours méfiante, et ôta ses lunettes de soleil.

– Je suis vraiment enchantée de vous rencontrer ! poursuivit Amy. Un photographe est venu, il cherchait l'hôtel et il a dit qu'il vous retrouverait à l'intérieur. On lui a montré le chemin, pour qu'il puisse installer son matériel.

– D'accord, répondit Carla, qui sourit enfin. J'ai une séance photo à l'hôtel Summertime, donc je suis arrivée au bon endroit.

– Oui, c'est ça ! lança Zoé, qui avait rejoint Amy avec précipitation. Vous êtes à l'hôtel Summertime. C'est trop bien de vous voir en vrai ! On est de grandes fans !

Carla hocha une nouvelle fois la tête, un peu intriguée, mais encore souriante. Visiblement, pensa Amy qui se sentait un brin coupable, elle avalait leur mensonge éhonté.

– Très bien. Daryl, vous m'attendrez à la voiture s'il vous plaît ? Je vais entrer.

Le chauffeur acquiesça et retourna derrière le volant pendant que Carla avançait avec aplomb dans l'allée sur ses talons aiguilles. Amy lui adressa un signe et pressa la main de Zoé dans la sienne. Elle savait que Sophie et Gareth attendaient à la réception pour mener Carla à la salle de bal où devait se tenir la séance photos.

« Une séance photo imaginaire », pensa-t-elle avec un retour d'anxiété.

– Joli, souffla Callum à son oreille, avec une tape réconfortante sur l'épaule. Et maintenant, en position pour superstar numéro 2. Celle-là ne doit pas nous voir, rappelle-toi !

Ils n'eurent pas longtemps à attendre, tapis dans l'ombre derrière le grand hêtre rouge de l'entrée. Une minute ou deux plus tard, Jasmine arrivait, plongée dans une conversation avec Mark.

– Tu es sûr que c'est aujourd'hui ? disait-elle quand ils arrivèrent à portée de voix. Rosemary aurait pu prévenir plus tôt.

– Certain, confirma son frère. Elle trouve l'acoustique de la salle de bal exceptionnelle, et elle dit que c'est l'endroit parfait pour une leçon avant le concert de samedi.

– C'est vrai que je suis peut-être un peu rouillée, reconnut Jasmine. Rosemary est un vrai tyran dès qu'il s'agit de pratiquer.

– Mais elle est douée, dit Mark en laissant passer Jasmine par le portail. C'est pour ça que tu l'emploies, non ?

Au moment où le frère et la sœur passèrent à côté de la cachette d'Amy et ses amis, Jasmine riait pour s'avouer vaincue, et ils entrèrent dans l'hôtel. Amy poussa un soupir soulagé.

– Parfait, chuchota-t-elle. Tout se met en place.

– J'adore quand un plan fonctionne, murmura Callum, enjoué. Allez, les filles, aussi doucement que possible !

Ils suivirent Mark et Jasmine d'aussi près qu'ils l'osèrent et se hâtèrent de les rattraper dès qu'ils furent dans le couloir d'en haut. Depuis l'escalier, ils eurent juste le temps de voir Mark s'arrêter devant la salle de bal et s'écarter pour laisser passer sa sœur.

Amy se précipita à côté de Mark, Zoé sur ses talons. Elle était sur les nerfs, et non sans raison.

Jasmine s'était arrêtée net à l'entrée de la salle. Elle et Carla se dévisageaient, bouche bée. Jasmine fut la première à retrouver l'usage de la parole.

– Qu'est-ce que tu fiches là ? aboya-t-elle.

– C'est à moi de te poser la question ! s'écria Carla, rouge de colère. C'est un traquenard ?

– Pas tendu par moi, assura Jasmine avec fureur. Je t'ai dit que je ne voulais plus te revoir.

– Eh bien, ce n'était pas mon idée, crois-moi !

Elles se dévisagèrent avec une hostilité déclarée. Puis, comme une seule femme, elles firent volte-face et se tournèrent vers Amy et ses copains, qui étaient rassemblés à la porte.

– C'est vous qui avez fait ça ? demanda Jasmine. Vous savez que Carla et moi, on ne se parle pas. Qu'est-ce qui vous a pris ?

Amy prit son courage à deux mains.

– C'est justement pour ça qu'on l'a fait, expliqua-t-elle avec détermination.

Elle leur montra les murs de la salle, et les deux chanteuses suivirent sa main.

Ils étaient ornés de photos découpées dans les magazines de Zoé, ainsi que d'autres trouvées sur Internet, qu'Amy et son amie avaient imprimées. On y voyait des clichés de Carla et Jasmine qui riaient sur la grande roue dans une fête foraine, accrochées l'une à l'autre, terrifiées et hilares ; elles sur scène, chantant les yeux dans les yeux, l'air parfaitement heureuses ; elles encore, assises sur une grosse moto. Il y avait aussi des photos de paparazzis des deux amies qui sortaient d'une boutique en riant, chargées de paquets. Partout où les chanteuses regardaient dans la salle, elles trouvaient des photos d'elles d'un temps plus heureux, où elles riaient et déliraient comme les deux meilleures amies du monde. Sur une petite table sur scène, l'ordinateur portable de Callum montrait un montage vidéo de Jasmine et Carla, qu'il avait mis au point avec Tanya.

Pendant que les deux stars étaient encore sans voix, Amy se dépêcha d'expliquer :

– Zoé et moi, on s'est disputées. Et on était aussi meilleures amies. Mais on a parlé de tout ce qui nous tracassait, et on s'est réconciliées. Ç'aurait été trop dommage qu'on n'y arrive pas ! Si vous restez parler ici, peut-être que vous réussirez aussi à arranger les choses !

Les yeux lançant des éclairs, Jasmine regarda la porte. Elle se rua vers elle, suivie de près par Carla, mais les ados furent plus rapides. Amy et Mark la fermèrent sans attendre, donnèrent un tour de clé, puis s'appuyèrent contre le battant, hors d'haleine.

Dans leur dos, la porte vibra sous les coups donnés par les deux chanteuses.

– Laissez-nous sortir ! cria Jasmine.

– Tout de suite ! ajouta Carla. Sinon, j'appelle mon manager !

– Non ! hurla Amy à travers le lourd panneau de bois. Il faut que vous arriviez à *parler* !

– Ouvrez ! crièrent-elles en chœur.

Amy ferma les yeux, puis les rouvrit. « J'espère qu'on ne commet pas une énorme erreur... »

– Non ! cria-t-elle à nouveau. Vous devez arranger cette histoire. Vous êtes amies. (Elle respira un grand coup pour essayer de calmer son cœur affolé.) Ça signifie que vous ne pouvez pas vous laisser tomber comme ça !

Callum lança un roi et un as de trèfle sur la table.

– Et c'est pour moi ! déclara-t-il. Ce qui veut dire que je remporte le tournoi, et que vous me devez tous un euro !

Satisfait, il se rassit et croisa les bras.

Un grand soleil tapait sur les fenêtres de la véranda, qui étaient ouvertes pour capter le moindre souffle de vent. Amy s'épongea le front et rejeta ses cartes sur la table.

– Franchement, Callum, il fait trop chaud pour se concentrer ! dit-elle en riant.

– Tss ! Certains d'entre nous parviennent à supporter la chaleur, et d'autres sont des perdants-nés, c'est tout... assena-t-il avec arrogance. Bon, ajouta-t-il quand Sophie lui jeta ses cartes à la tête, je me demande si ça chauffe dans la salle de bal.

– Sincèrement, je préférerais plutôt que ça se rafraîchisse, dit Tanya en regardant sa montre. Ça fait presque une heure !

– À mon avis, on devrait vérifier, affirma Zoé avec un regard anxieux.

– Oui, elles ont largement eu le temps de creuser un tunnel pour sortir d'ici ! lança Gareth. Mais non, Zoé, je plaisante ! On va écouter à la porte ?

En proie à une nervosité grandissante, ils sortirent en masse de la véranda et montèrent vers la salle de bal. Les grandes portes étaient toujours fermées, sans surprise, et la clé toujours dans la serrure. On n'entendait pas de dispute à l'intérieur. Peut-être les deux membres du groupe s'étaient-elles vraiment échappées quelque part, pensa Amy, dépitée.

Alors qu'ils s'approchaient, ils furent surpris par un soudain éclat de rire provenant de l'intérieur. Carla s'esclaffait et Jasmine dit quelque chose qu'ils ne purent comprendre.

– Elles savent qu'on est là ? souffla Tanya.

Callum secoua la tête.

– Elles n'ont pas pu nous entendre.

– Et ce n'était pas un rire pour faire semblant, ajouta Amy, toute réjouie.

Zoé sauta de joie.

– On dirait que notre plan a marché !

Quand un deuxième rire incontrôlé retentit à travers l'épaisse porte, Amy prit une grande inspiration. Il était temps de vérifier s'ils avaient bien interprété la situation.

Elle tourna doucement la clé, puis ouvrit. Inquiets, ils se glissèrent à l'intérieur, puis regardèrent.

Carla et Jasmine étaient assises par terre côte à côte, en tailleur, enlacées. Le visage quasiment l'un contre l'autre, elles papotaient d'un air complice et Jasmine rit à nouveau.

Elles levèrent toutes deux les yeux, et Amy constata avec soulagement que leur sourire ne s'effaçait pas. Malgré tout, elle demeurait anxieuse, ne sachant pas si Carla et Jasmine leur en voudraient. « En résumé, on les a quand même induites en erreur, enlevées et séquestrées », se dit-elle avec appréhension.

Mais Jasmine bondit vers eux avec gaieté, les larmes aux yeux. Elle vint mettre un bras autour d'elle et un autour de Zoé.

– Merci ! s'écria-t-elle en riant. Merci à vous tous. C'est exactement ce qu'il me fallait !

Carla s'avança elle aussi, un sourire heureux aux lèvres.

– Il y a une heure, j'étais dans une colère noire contre vous, mais Jasmine a raison. On avait vraiment besoin de parler, et vous nous y avez obligées !

– Alors, qu'est-ce que vous en avez conclu ? demanda Zoé, soucieuse.

– Pff, c'était un affreux et énorme malentendu, fit Carla avec un geste de la main, qu'elle tendit ensuite pour étreindre Jasmine, qui avait relâché Amy et Zoé. Je passais vraiment beaucoup de temps avec Tig et son groupe. Alors c'est vrai, je l'aime beaucoup, mais du coup, j'oubliais l'impression que ça allait donner à Jasmine, expliqua-t-elle avec un sourire d'excuse à son amie. De mon côté, je trouvais que Jaz se rapprochait de Molly et des autres du groupe, comme si elle me rejetait. En fait, j'étais jalouse aussi !

– Et je pensais que Carla n'avait plus aucun intérêt pour moi, ajouta Jasmine. Alors que c'était juste l'amûûûr !

Elles se remirent à pouffer.

– Ah, quel soulagement, dit Amy, qui s'en serait presque assise. J'avais peur que vous ne nous fassiez arrêter.

— Oh, ça, on n'en a parlé que pendant les cinq premières minutes, plaisanta Jasmine avec un clin d'œil.

— Et voilà, maintenant, tout est réglé ! s'exclama Carla. Merci à tous.

— Mais... commença Zoé avant de s'éclaircir la voix. Et le groupe ? Vous en restez toujours là ?

— Ah, mais pas moyen ! lança Jasmine, qui battit des mains avec entrain. Le concert de demain soir ne sera plus le lancement de ma carrière solo, mais le nouveau départ de Purple Craze !

— Exactement !

Carla tapa dans la main de Jasmine. Zoé et Amy poussèrent des cris ravis.

— Vous serez les fans qui ont sauvé le groupe, leur dit Jasmine. Purple Craze est reparti, et on sera encore meilleurs qu'avant !

14

– C'est vraiment magnifique, souffla Carla en contemplant la superbe réception de l'hôtel Summertime et son magnifique lustre ancien. Ça ne m'étonne pas que tu l'achètes, Jaz !

– Génial, non ? dit Jasmine en prenant le bras de son amie. Plein de charme vintage, tout ça... Certains des éléments d'origine sont splendides.

Amy les observa pendant qu'elles empruntaient avec eux le majestueux escalier en courbe pour se rendre aux étages supérieurs. Elles semblaient toutes les deux apprécier pleinement ce qu'elles voyaient. Carla s'extasiait devant chaque frise de plâtre au plafond, chaque luminaire, chaque peinture à l'huile et chaque parquet bien ciré. Jasmine elle-même semblait découvrir vraiment l'hôtel pour la première fois. Elle monta les marches avec une main légère sur la rampe d'acajou sculpté et demanda soudain à Amy :

— Et alors, c'est vous qui avez retapé tout l'intérieur ? Lottie m'a dit que quand vous l'avez trouvé, c'était en piteux état.

— C'est vrai, reconnut Amy, qui s'arrêta sur le palier. Il a toujours été beau, bien entendu, mais il était un peu... en perte de vitesse.

— Ce n'était pas un taudis, intervint Callum. Mais on a dû... remuer la poussière et les vieilleries pour faire resurgir la vraie beauté de l'hôtel Summertime.

— Et le résultat a été à la hauteur ! dit Eva en riant.

— Vous avez bien travaillé, le félicita Carla, admirative, en passant le doigt sur un encadrement de porte ouvragé. Pas vrai, Jaz ?

— Oui, vraiment, renchérit Jasmine, qui sourit à Amy, puis entra dans le grand salon.

Elle fut suivie par Callum, Eva, Lucas et les autres, mais Amy retint Tanya un instant.

— Jasmine a l'air pensive, chuchota-t-elle. Tu crois qu'elle a des regrets ?

— Comment pourrait-elle, avec l'hôtel splendide comme il est ? rétorqua Tanya d'un ton las.

— Tu dois avoir raison, fit Amy tristement. Elle paraît juste moins enthousiaste, je trouve.

— Peut-être qu'elle se pose des questions sur la réfection, souffla Tanya d'un ton lugubre. Enfin, au moins, elle l'aime vraiment, ça se voit.

– Oui, c'est vrai, approuva Amy, essayant de se montrer positive elle aussi. Je suis contente que l'hôtel lui revienne. Il devrait appartenir à quelqu'un qui l'apprécie.

– Comme Lottie. Comme nous avant, acquiesça Tanya. Allez, voyons ce qu'elle dit du salon d'en haut.

Jasmine se tenait au milieu de la pièce quand elles entrèrent. Elle tournait lentement sur elle-même en examinant le sol. Dans un coin, Thomas, Steven et d'autres enfants de leur âge regardaient les stars d'un air étonné, pinceau en main. Ils avaient étalé une grande feuille de papier, sur laquelle ils peignaient un immense dinosaure très coloré. Amy fut soulagée de voir qu'ils avaient pris leurs précautions : pas une seule goutte n'avait éclaboussé le plancher ciré.

– M. Richards trouve qu'on devrait tout enlever pour revêtir le sol de marbre, dit Jasmine d'un air perplexe. Pourtant, il est très joli, ce parquet. J'ai plutôt envie de le garder.

– Je suis contente ! s'exclama Eva. Je le trouve très joli, en bois.

– Nous aussi, affirma Thomas avec de vigoureux hochements de tête. Vous voyez, on n'a rien sali. On a mis du papier journal pour protéger.

– Bravo, les enfants, dit Jasmine en riant. De toute façon, ça ne serait pas plus facile d'enlever des taches sur du marbre !

– Non, intervint Lucas. Et d'après papa, ça coûterait dans les dix mille euros de poser le travertin.

Jasmine lui lança un regard intéressé.

– Dix mille ?

– Ouais, c'est pas donné, hein ?

– Non, mais ça pourrait être pire, marmonna-t-elle, les sourcils froncés.

Au soulagement d'Amy, elle ne poursuivit pas cette conversation et sourit aux enfants affairés dans leur coin peinture.

– J'aimerais bien voir votre dinosaure quand il sera fini.

– Ah, ouais ! s'écria Steven. On vous le montrera. Hein, Thomas ? On y est presque.

Amy envoya à Tanya un sourire contraint, et elles suivirent les stars, qui sortaient de la pièce. Elle aimait de plus en plus Jasmine, ce qui rendait la perte de l'hôtel moins éprouvante.

Callum menait la marche dans les couloirs, présentant à la chanteuse sa nouvelle demeure, non sans fierté. Chaque nouvelle pièce la ravissait un peu plus. Elle parut fascinée par l'élégante bibliothèque, et joignit les mains de contentement en découvrant le thème spécifique donné à chaque chambre. Enfin, elle annonça qu'elle en avait assez vu.

– Je suis arrivée à saturation, dit-elle en souriant. Je sais déjà que je suis sous le charme de l'hôtel Summertime. Vous devez être aussi fatigués que moi ! Allez, pause pour tout le monde !

Partagée entre sa joie devant la satisfaction évidente de Jasmine et sa tristesse de perdre l'hôtel, Amy descendit avec les autres. Ils venaient d'atteindre la réception quand quelqu'un claqua la porte d'entrée, et ils s'arrêtèrent net face à M. Lomax, qui fit de même. Bouche bée, il se tourna vers Jasmine avec colère.

– Te voilà ! Je t'ai cherchée partout !

– Et pourquoi ne pas avoir essayé ma nouvelle maison ? dit Jasmine d'un ton acerbe. Celle que tu m'as persuadée d'acheter ?

– Bon, fit-il d'un ton bourru. Tu sais que tu as une interview à préparer ? C'est Madeleine Morrow, et tu connais l'influence de son émission. Il y a aussi le couturier qui demande si tu as choisi l'un de ses nouveaux sacs à main. Ça fait deux mois que tu as les photos !

– J'étais occupée, figure-toi, répliqua Jasmine, le regard dur. C'est toi qui organises mon emploi du temps, Steve !

— Exactement, approuva Carla en s'avançant entre Amy et Zoé. Ce n'est pas la faute de Jaz.

Amy crut bien que les yeux de M. Lomax allaient sortir de leurs orbites. Il dévisagea Carla, le cou empourpré.

— Toi ? Qu'est-ce que tu fabriques ici ?

Avec un haussement d'épaules accompagné d'un sourire, Carla répondit :

— Moi ? Je rends visite à une amie, évidemment.

— Mais... mais... Vous ne vous parlez plus ! Vous êtes fâchées !

Jasmine et Carla échangèrent un coup d'œil.

— Eh bien, plus maintenant, répondit Jasmine. On s'est réconciliées. Ce n'est pas génial ?

— Génial ? Génial ? tonna M. Lomax, qui parut prêt à exploser l'espace d'un instant. Mais bien sûr que non ! C'est tout l'inverse ! Vous n'avez pas vu les couvertures des magazines, cette semaine ? Vous êtes partout ! Vous êtes à la une du prochain *Heat* !

Jasmine poussa un soupir irrité.

— Comme si c'était important !

— C'est très important ! aboya M. Lomax. Tu crois qu'une publicité comme ça, ça arrive sans rien faire ? Ta carrière solo démarre avec une couverture médiatique de rêve !

Agacée, Jasmine haussa les épaules.

– On a eu de la pub et alors ? On est de nouveau amies !

– Tu ne comprends rien ! s'énerva M. Lomax, qui en faisait presque des bonds. On a créé une histoire, et si tu veux que les journaux suivent, il faut continuer dans cette voie ! Tu amènes de l'eau à leur moulin, et surtout, tu ne gâches rien. Si tu la joues bien, tu peux faire une fortune en quelques semaines !

M. Lomax n'avait-il pas remarqué la mâchoire crispée et les poings serrés de Jasmine ? Amy se dit qu'elle allait perdre patience, et en beauté ! Les yeux brillants, les bras croisés, elle avança d'un pas vers son manager.

– Ce que tu veux dire, c'est que toi, tu récolteras une fortune, dit-elle d'un ton glacial. C'est l'argent qui t'inquiète, Steve.

– N'importe quoi ! lança-t-il sèchement. Je veux ce qu'il y a de mieux pour toi, Jasmine.

– Non, tu veux ce qu'il y a de mieux pour toi ! Tu crois vraiment que c'est bon pour moi de perdre l'amitié de Carla ? Tout ce qui t'inquiète, c'est l'image qu'on donne dans les médias !

Il pinça les lèvres et quand il parvint à rouvrir la bouche, il était plus enjôleur que menaçant.

– L'image médiatique, c'est important, ma chère. La publicité est bonne, pour toi comme pour Carla.

– Ce qui est bon pour moi et Jasmine, c'est qu'on se soit réconciliées, intervint Carla, les yeux rageurs.

Elle était vraiment grande et imposante sur ses hauts talons, pensa Amy en souriant intérieurement, surprise que M. Lomax ne prenne pas la fuite.

– De plus, ajouta Jasmine, Purple Craze s'est reformé.

– *Quoi* ? fit-il, hébété. Mais...

– Le groupe est à nouveau réuni, et meilleur que jamais, décréta Jasmine, coupant court à ses protestations. Ah, au fait, j'achète toujours l'hôtel Summertime, mais je ne compte pas y vivre.

– *Quoi* ? répéta M. Lomax, furieux.

– Je vois ce que représente cet endroit pour mon frère et ses amis, alors je vais les laisser continuer à s'y réunir. Aussi longtemps qu'ils le voudront.

Amy poussa un cri étouffé, et Tanya un couinement interloqué, la main sur la bouche. Callum émit un « Quoi ? » encore plus incrédule que ceux de M. Lomax.

– Les jeunes de Foxwood pourront continuer à venir ici, réitéra Jasmine, satisfaite. Et quand je viendrai ici, ce sera incognito et je vivrai avec ma famille, Steve, comme je l'ai toujours voulu.

– C'est impossible, protesta le manager. Cette maison, non, ce n'est pas approprié, il te faut une grande propriété dans ce genre. Tu dois penser à ton image !

– Alors là, j'en ai assez que tu aies la mainmise sur mon image, lança Jasmine avec un regard noir. La mainmise sur moi ! J'ai suivi tes conseils, et ça ne m'a apporté que des ennuis. Avec mes amis, la presse, Internet, le village. Tu veux que je sois une diva pour que les gens écrivent à mon sujet. (Elle se redressa de toute sa hauteur et parut soudain presque aussi grande que Carla.) Eh bien, regarde un peu, Steve, je vais jouer les divas : tu es viré !

M. Lomax ouvrit et referma la bouche comme un poisson stupéfié. Le rouge qui couvrait son cou envahit son visage et ses yeux s'arrondirent comme des soucoupes. Mais il était sans voix, et Jasmine soutint avec calme son regard furieux.

Finalement, il tourna les talons et sortit en trombe de l'hôtel Summertime, claquant la porte derrière lui. Amy se tourna vers Jasmine, osant à peine retrouver de l'espoir.

– Vous disiez ça sérieusement ? Ce n'était pas juste pour l'énerver ?

– Bien sûr que j'étais sérieuse ! s'exclama Jasmine, qui sourit, toute colère envolée. J'étais on ne peut plus sérieuse. Je ne veux pas vous enlever le Summertime. C'est votre foyer de jeunes, alors que moi, comment je pourrais vivre dans un endroit aussi grand toute seule ? Je serais malheureuse comme les pierres. Et ce n'est pas un endroit fait pour qu'on y soit malheureux, vous ne trouvez pas ? C'est peut-être à moi sur le papier, les enfants, mais cet hôtel est le vôtre aussi, autant que vous le voudrez. Du moment que vous me laissez venir aussi quand je serai dans les parages !

Avec un cri de joie, Amy ne put s'empêcher de se jeter sur Jasmine pour l'embrasser, pendant que ses amis se serraient autour d'elles, criant de joie.

— Merci ! Merci, Jasmine Jones !

Fête de A à Z à l'hôtel Summertime
Bon anniversaire Amy et Zoé !

La bannière confectionnée par Lucas était étendue à la porte de la salle de bal, où étaient venus en masse les enfants de Foxwood. Des tables d'osier avaient été disposées le long d'un mur, couvertes de grands plats de chili con carne et de riz et d'assiettes de gâteaux. Des ballons flottaient au-dessus de leurs têtes, toujours renvoyés en l'air par les danseurs. Les bavardages et les rires étaient constants, presque assez forts pour faire concurrence à la musique de Mark et de son groupe sur scène, accompagnés de leur invité d'honneur : la chanteuse Jasmine Jones. Mark, qui accompagnait sa sœur à la guitare, ne pouvait effacer de son visage un large sourire. Elle avait interprété des morceaux de rock, de country et un slow ou deux, et maintenant, elle se lâchait dans une version plus rock'n'roll du dernier single de Purple Craze.

S'éloignant un peu de la piste de danse pour reprendre son souffle, Amy sourit en voyant Gareth et Sophie gesticuler de façon débridée en compagnie de Callum, Tanya et Eva. Au moment où Mark plaqua le dernier accord de la chanson, Jasmine s'inclina profondément, puis agita le micro avec un grand sourire.

– Alors, Foxwood ! cria-t-elle. (Des acclamations emplirent la salle de bal.) Je voudrais vous présenter ma nouvelle amie, qui est pleine de talent. Non seulement vous allez être fans, mais je suis sûre que vous l'adorez déjà !

Sur le côté de la scène, elle tendit la main à Zoé, qui la saisit et bondit sur scène, toute rougissante mais également débordante de bonheur. Jasmine lui mit le micro entre les mains, puis Zoé se tourna vers la foule.

– Ouais, Zoé ! cria quelqu'un.

– Allez, Zoé ! lança une autre voix.

Bientôt, tout le monde applaudissait et criait ses encouragements.

Mark adressa un signe de tête à Zoé et entama un accord pendant qu'elle se concentrait en fermant brièvement les yeux. Ensuite, elle se lança, sans hésitation ni trac, dans une autre chanson des Purple Craze, la voix forte et heureuse. Derrière elle, Mark et Jasmine chantèrent les chœurs dans le micro de Mark.

— *Bébé, j'y crois pas*
Tu es comme un rêve !
Tu es un rêve, bébé,
Ta présence est un bonheur...

Amy joignit les mains, enthousiasmée et très fière. « C'est ma meilleure amie, pensa-t-elle avec la chair de poule. Et elle est trop forte ! »

– Pas mauvaise, ta copine, ma foi.

Elle se tourna avec le sourire. Lucas était arrivé à côté d'elle.

– On ne peut pas dire que tu sois dépourvu de talent non plus, Lucas, dit-elle gaiement. Sacrée fête ! La salle est super bien décorée et la nourriture délicieuse. Cette nouvelle sono fait des miracles !

Il hocha la tête, flatté de ces compliments.

– Je suis surtout content que Jasmine ait fait jouer ses relations pour nous faire revenir l'électricité à temps.

– Et qu'est-ce que tu penses de la musique ? demanda Amy, espiègle.

– Les chansons de Purple Craze ? fit-il avec un sourire. Franchement, je pourrais devenir fan. Elle assure, cette Jasmine.

– Ah oui ? s'étonna Amy en chipant un sandwich sur l'assiette de Lucas. Je croyais que tu la trouvais insupportable.

– Bah, tu devrais voir dans quel pétrin est mon père à cause d'elle ! Il a beau être mon père, il le mérite et elle l'a vraiment bien eu.

Amy resta bouche bée, à peine capable de dissimuler son sourire.

– Qu'est-ce qui s'est passé ?

– Tu te souviens quand j'ai dit à Jasmine qu'un revêtement en faux marbre dans tout le salon coûterait dix mille euros ? Eh bien, papa comptait lui en facturer trente-cinq mille.

– Trente-cinq mille euros ?

– Ouais, comme pour du vrai. Il a dû se dire qu'elle était trop riche pour trouver ça élevé. Et peut-être qu'elle ne se serait pas posé de questions si je ne lui avais pas donné le prix. Ça faisait un peu trop qui partait dans sa poche à lui.

Amy se couvrit la bouche de la main, essayant de ne pas rire.

– Et qu'est-ce qui s'est passé ?

– Elle a dit à papa de laisser le sol exactement comme il était. Et s'il ne veut pas qu'elle appelle son avocat, il doit verser dix mille euros à une œuvre caritative qu'elle choisira pour lui.

– Ça alors, et ton père en a les moyens ?

– Pas vraiment, fit Lucas en haussant les épaules, l'air plutôt réjoui. En fait, son entreprise n'est pas en forme de toute façon. Pour tout dire, on va devoir vendre le domaine du Nouveau Manoir et s'installer dans une maison plus petite au village.

Amy poussa une exclamation. Le domaine du Nouveau Manoir n'avait pas beaucoup de charme – elle avait toujours pensé que la maison de Lucas avait l'air d'avoir été passée au nettoyeur haute pression tous les matins – mais avec son garage trois places, son court de tennis et son sauna, ça devait être un endroit très sympa pour vivre.

– Oh, Lucas, je suis désolée pour toi. (Elle fronça les sourcils en l'observant de près.) Tu n'as pas l'air de t'en faire ?

– Pas du tout ! répondit-il gaiement. Pour moi, c'est la meilleure nouvelle depuis longtemps. J'ai toujours voulu vivre au village, pour être plus près de tout le monde. Enterré dans la campagne, avec personne à qui parler à part ta lunatique de sœur, on s'ennuie vite comme un rat mort.

Amy eut un rire étouffé.

– Tu n'es franchement pas aussi insupportable que tu aimerais le faire croire, pas vrai, Lucas ? Je dirais même que tu es sympa ! Presque... gentil.

– Garde ça pour toi, Gordon. Je dois penser à ma réputation, lança Lucas avec un grand sourire.

– Au fait, tu es au courant ? Jasmine nous a donné des billets pour son concert de ce soir. Ça devait être un concert solo, mais en fait c'est celui qui annonce la réunification du groupe ! Ça te dit de venir ?

Hésitante, elle lui glissa un regard en coin.

– Eh ben, pourquoi pas, fit Lucas en riant. Je crois que je devrais supporter.

– Cool, répondit Amy.

À ce moment, Zoé chanta les dernières paroles de la chanson et Oscar termina sur un grand coup à la batterie. Amy se joignit aux applaudissements et acclamations frénétiques. Zoé rougit encore plus, s'inclina et murmura des mercis dans le micro. Quand son amie descendit de scène, aidée par Tom, Amy se précipita vers elle pour l'embrasser avec force.

— Tu étais géniale, dit-elle à Zoé en toute honnêteté. Je crois que je ne t'ai jamais vue aussi heureuse !

— Et moi, je crois que je n'ai jamais été aussi heureuse, confirma son amie en chassant des larmes de joie. C'est encore mieux que je ne l'imaginais. C'est vraiment ce que je veux faire, Amy, j'en suis plus sûre que jamais. Et Jasmine va m'aider ! M'aider à chanter et aussi à me faire une place dans la profession. Amy, c'est le meilleur anniversaire de ma vie !

Encore dans les bras l'une de l'autre, les deux filles sautèrent ensemble, jusqu'à ce que Callum tape sur l'épaule d'Amy.

— Allez les filles, c'est bien gentil tout ça, mais vous avez des cadeaux d'anniversaire à ouvrir !

Amy lui sourit, ainsi qu'à Tanya et Eva.

— Je crois que je ne vais pas pouvoir supporter beaucoup plus de bonheur ! On vient déjà de dire que c'était le meilleur anniversaire de notre vie.

— Allez, ouvre ! s'écria Tanya, les yeux brillants, en plaçant un grand paquet plat dans les bras d'Amy.

Eva en donna un de la même forme à Zoé. Celui de Zoé était emballé dans du papier mauve couvert de notes de musique argentées. Celui d'Amy était bleu, décoré de ballons de foot.

– Bravo pour le papier cadeau, c'est parfait, dit-elle en ouvrant soigneusement. Oh, un cadre photo !

Elle retira le restant de papier et retourna son cadeau. Ravie, elle découvrit un montage photo dans un cadre doré : des images de l'hôtel Summertime, d'elle avec ses amis et de toutes les aventures qu'ils y avaient vécues. Il y avait des photos de l'hôtel lui-même, délabré sur une photo, fier et magnifique sur la suivante. On y trouvait des clichés de Callum, le sourire jusqu'aux oreilles, en salopette en train de poncer une balustrade, et d'Eva, Olivia et Chloé, occupées à couvrir un mur de peinture sans oublier de s'en asperger les unes les autres. Amy regarda le montage avec enchantement.

– Oh, il y a Lottie et Edward ! s'exclama-t-elle. Et Thomas et Steven en costume d'Halloween ; le Buttercup Café, avant l'incendie ; un de nos matchs de foot dans la véranda ; et nous tous pendant le festival Monk !

– Ah, on y est aussi ! s'écria Zoé, toute contente en regardant ses photos à elle. Là, regardez : Gareth et Sophie avec moi !

– Et Mark avec le groupe ! Oh, et une superbe photo des chauves-souris ! Ce sont les nôtres ?

– Bien sûr, fit Tanya en souriant. Ça m'a pris des heures et beaucoup de patience, mais ce sont nos chauves-souris, perchées au crépuscule

– Les oreillards gris qui ont sauvé l'hôtel Summertime la première fois, sourit Amy en sentant ses yeux s'emplir de larmes.

– Ce sont toutes des photos de Tanya, dit Callum avec fierté.

– Eva m'a aidée à choisir les meilleures, ajouta Tanya.

– Et c'est Callum qui les a fait encadrer, compléta Eva.

– Oh, c'est vraiment génial ! C'est un super cadeau. (Amy les embrassa chacun à son tour.) Merci beaucoup.

Elle en était à Eva quand elle aperçut une silhouette derrière l'épaule de son amie, dans l'encadrement de la porte.

– Lottie !

Lâchant Eva avec un dernier sourire de gratitude, Amy se faufila entre les jeunes enfants qui dansaient pour rejoindre sa vieille amie, visiblement très heureuse, et pourtant triste. Tout à la fois...

Amy sourit à Lottie qui lui prit les mains.

– Lottie ! Vous avez entendu que tout s'est arrangé ?

– Bien sûr, dit Lottie, qui posa les mains sur les épaules d'Amy et la regarda avec douceur.

– Je suis vraiment heureuse, Amy. Ça n'aurait pas pu mieux se passer pour tout le monde ! Je suis ravie que vous puissiez encore rester à l'hôtel. Cet endroit si cher à mon cœur... Il ne pourrait pas être entre de meilleures mains.

Amy sourit à son amie. Les yeux de Lottie étaient brillants d'excitation. Elle portait une robe à fleurs ainsi qu'un manteau léger. « Des habits confortables pour voyager », se dit la jeune fille avec une pointe de tristesse.

– Vous partez en fin d'après-midi, c'est ça ?

– Oui, dans deux heures, répondit Lottie en lui serrant affectueusement la main. Edward est en train de rassembler les dernières affaires, puis on va prendre un taxi pour l'aéroport. Mais je ne pouvais pas partir sans te donner ton cadeau.

Amy regarda le petit paquet ovale emballé dans du papier de soie vert et entouré d'un ruban blanc. La gorge serrée, elle le retira avec délicatesse.

À l'intérieur se trouvait un vieil étui à l'inscription effacée, un étui qui avait peut-être contenu une chaîne ou une montre dans les années 1920 ou 1930. Mais dans la doublure de soie aux couleurs fanées, se trouvait tout autre chose, un objet bien plus spécial. Les doigts tremblants, Amy souleva une vieille clé à l'ancienne, bien lourde. Il y avait une inscription gravée dessus. Elle traça les lettres du bout des doigts.

Amy Gordon. Gardienne de l'hôtel Summertime.

– C'est la première clé de l'hôtel, lui expliqua Lottie, qui caressait le métal brillant et retenait ses larmes. Tu mérites qu'elle te revienne, Amy. Sans toi, l'hôtel Summertime ne serait plus là.

– Oh, Lottie, murmura Amy. Je veillerai toujours sur l'hôtel, je vous le promets. C'est le cadeau le plus merveilleux qu'on m'ait fait. Cette clé... et l'hôtel Summertime.

Lottie la prit dans ses bras et Amy serra la vieille dame avec force.

– J'ai toujours su que le Summertime recelait une magie particulière, Amy. Je crois que ça s'est vérifié ces derniers mois !

– Ah ça oui ! Et c'est entièrement grâce à vous, Lottie. Vous allez me manquer !

– Toi aussi tu me manqueras, Amy. Vous me manquerez tous ! Mais on sera bientôt en contact, dit Lottie, le sourire dans les yeux. Après tout, l'Australie n'est pas si loin.

Amy s'essuya les yeux et leva la main en signe d'adieu. Elle suivit Lottie, qui regagnait la magnifique entrée de l'hôtel et jetait un dernier œil sur son ancienne maison.

La vieille dame s'arrêta et poussa un grand soupir. Avant de franchir le seuil, elle se retourna encore une fois avec un sourire, puis descendit d'un pas vif le perron du Summertime et disparut dans un soleil aveuglant.

Amy resta sous le gigantesque lustre, qui renvoyait la lumière du jour par milliers de petits éclats lumineux dans l'imposante pièce. Lottie et Edward allaient beaucoup lui manquer. Cependant, Lottie lui avait laissé un superbe héritage, et Amy comptait bien tenir sa promesse. Elle serait la gardienne de l'hôtel Summertime.

« Je veillerai sur toi, déclara-t-elle au vieux bâtiment. Tout comme tu as veillé sur nous. »

Décidément, Lottie ne se trompait pas : l'hôtel Summertime possédait une magie qui lui était propre. Et cet été encore, elle avait opéré.

Retrouvez Amy, Tanya et leurs amis dans :

H.Ô.T.E.L

SUMMERTIME

H.Ô.T.E.L SUMMERTIME

Amy

Au milieu des herbes folles et des murs décrépis, un vieil hôtel semble figé dans le temps. Dans le village, personne n'en connaît les propriétaires. Quels secrets cache-t-il ?
Amy, qui pensait s'ennuyer à mourir pendant les vacances, veut découvrir ses mystères. Avec ses amis, elle va se battre contre ceux qui veulent le détruire. Pour sauver l'hôtel Summertime, l'amitié est de rigueur et l'union fait la force !

HÔTEL SUMMERTIME

Tanya

À Foxwood, pendant les vacances d'automne, on ne célèbre pas Halloween, mais... le festival Monk, en l'honneur du célèbre cinéaste de films d'horreur. Avec Callum et Tanya, Amy lance une fête au Summertime avec des rencontres, des projections inédites. Mais très vite son projet est menacé : graffitis, destruction de matériel... Amy a-t-elle raison de faire confiance à Lucas contre l'avis de tous ? Leur amitié va-t-elle résister à tous ces rebondissements ?

NORD COMPO
multimédia

Composition et mise en pages
Nord Compo à Villeneuve-d'Ascq

Dépôt légal : mai 2015
N° d'édition : L.01EJEN001153.N001
Loi n° 49-956 du 16 juillet 1949
sur les publications destinées à la jeunesse